AQUE PIÈCE, 20 CENTIMES.
301e ET 302e LIVRAISONS.

THÉATRE CONTEMPORAIN ILLUSTRÉ

MICHEL LÉVY FRÈRES, ÉDITEURS,
RUE VIVIENNE, 2 BIS.

SI J'ÉTAIS ROI!...

OPÉRA-COMIQUE EN TROIS ACTES ET QUATRE TABLEAUX

PAR MM. DENNERY ET BRÉSIL

MUSIQUE DE

M. ADOLPHE ADAM

REPRÉSENTÉ POUR LA PREMIÈRE FOIS, A PARIS, SUR LE THÉATRE-LYRIQUE (OPÉRA-NATIONAL), LE 4 SEPTEMBRE 1852

DISTRIBUTION DE LA PIÈCE

MOSSOUL, roi de Goa.	MM.	PIERRE LAURENT.
KADOOR, cousin et ministre du roi.		{ JUNCA. / MENGAL.
ZÉPHORIS, pêcheur.		{ TALLON. / CARRÉ.
PIFÉAR, pêcheur.		MENJAUD FILS.
ZIZEL.	MM.	{ LEROY. / NEVEU.
ATAR, ministre.		LEMAIRE.
NÉMEA, parente du roi.	Mmes	{ COLSON. / SOPHIE NOEL.
ZÉLIDE, sœur de Zéphoris.		ROUVROY.

ACTE I.

Le théâtre représente un site pittoresque sur le bord de la mer. Au lever du rideau, des femmes de pêcheurs viennent réveiller leurs maris, étendus sur le sable.

SCÈNE PREMIÈRE.

PIFÉAR, PÊCHEURS et FEMMES DE PÊCHEURS.

INTRODUCTION.

CHOEUR.

Gais pêcheurs, quittons ce rivage,
Le soleil luit, les vents sont bons,
Et les flots, tout bas, à la plage
Semblent redire nos chansons.

PIFÉAR, *entrant.*

Zéphoris! Zéphoris! c'est ton ami fidèle,
C'est ton Piféar qui t'appelle,

(*Aux Pêcheurs.*)

Ne le voyez-vous pas?

LES HOMMES.

Non, non.

PIFÉAR, *aux femmes.*

Ni vous non plus?

LES FEMMES.

Non, non.

PIFÉAR.

O Brahma! quel guignon!

LE CHOEUR.

Viens, viens sans lui.

PIFÉAR.

Sans lui, c'est impossible.

LE CHOEUR.

Mais pourquoi? mais pourquoi?

PIFÉAR.

Il ne peut pas pêcher sans moi.

TOUS.

Ah! l'histoire est risible!
Mais pourquoi? mais pourquoi?

PIFÉAR.

Écoutez-moi.

PREMIER COUPLET.

Zéphoris est bon camarade,
Mais c'est un pêcheur fort mauvais ;
Sans moi, les poissons de la rade
Ne craindraient guères ses filets.
Comme il ne cherche, sur ces bords,
Que perles fines et trésors,
Et que le reste il le rejette
Chaque fois que son filet sort ;
Quand à le vider il s'apprête
Je remplis le mien sans effort.
Voilà pourquoi (*bis*)
Il ne peut pas... pêcher sans moi.

DEUXIÈME COUPLET.

Zéphoris, malgré son visage,
A grand besoin de mon appui ;
Sans moi, les filles du village
A sa barbe riraient de lui.
Que de belles, complaisamment,
Lui tendent un minois charmant !
Mais Zéphoris est sans malice,
Les amours lui sont inconnus ;
Et sans moi, qui fais son office,
Tous ces baisers seraient perdus !
Voilà pourquoi (*bis*)
Il ne peut pas... aimer sans moi.

LE CHOEUR.

Gais pêcheurs, etc., etc.

(*Tous remontent, Zizel paraît au fond.*)

SCÈNE II.

LES MÊMES, ZIZEL.

PIFÉAR.

Quel contre-temps ! voilà Zizel,
Le surveillant de cette côte ;
Il est dur, injuste et cruel,
Et de nous rançonner il ne se fait pas faute.

LE CHOEUR.

Partons sans bruit, partons, partons.

ZIZEL.

Halte-là ! mes petits moutons !
Avant d'aller pêcher, il vous faut me répondre,
Et chacun à son tour... Piféar, mon ami !

PIFÉAR, *voulant s'esquiver.*

Le mouton voudrait bien ne pas se laisser tondre.

ZIZEL, *le ramenant.*

Piféar, viens ici ;
D'un délit condamnable
Tu dois être coupable.

PIFÉAR.

Moi ! je jure qu'il n'en est rien !

ZIZEL.

Tu ne l'as pas commis encor, peut-être bien ;
Mais tu le commettras bientôt, donc, à l'amende.

PIFÉAR.

Mais, quel délit? je le demande.

ZIZEL.

A l'amende ! à l'amende !
Ou sinon,
En prison.

PIFÉAR, *payant.*

J'aime encor mieux l'amende,
Mais pourtant
Je suis bien innocent.

ZIZEL, *à une femme.*

D'un délit condamnable
Tu dois être coupable.
Ne me réplique rien,
Ce que je dis, je le sais bien.
A l'amende ! à l'amende !

LA FEMME.

Ah ! votre erreur est grande.

ZIZEL.

A l'amende ! à l'amende !

(*Elle lui donne de l'argent.*)

SCÈNE III.

LES MÊMES, ZÉLIDE, puis ZÉPHORIS.

ZIZEL, *à Zélide, qui cause avec Piféar, son futur.*

A votre tour, petite ; approchez.

ZÉLIDE.

J'ai bien peur !

ZIZEL, *l'amenant de force sur le devant de la scène.*

D'un délit condamnable...

ZÉPHORIS, *entrant avec précipitation.*

Arrêtez

TOUS.

Zéphoris !

ZÉPHORIS, *se plaçant entre sa sœur et Zizel, et repoussant celui-ci.*

Vieillard, sur mon honneur !
S'il est une chose coupable,
C'est le trafic honteux auquel vous vous livrez.

ZIZEL.

Jeune imprudent, vous ignorez
Ce que pourrait contre vous ma colère.

ZÉLIDE.

Ah ! pitié pour mon frère !
Ne soyez pas sourd à mes cris.
Pitié pour Zéphoris.

QUATUOR ET CHOEUR.

ZÉPHORIS.

N'implore pas, cesse de craindre,
Son courroux ne saurait m'atteindre :
Peut-on traiter avec rigueur
Le frère qui défend sa sœur ?

ZIZEL.

Quand tout doit trembler et me craindre,
Un téméraire ose se plaindre.
La loi me donne par bonheur
De quoi seconder ma fureur !

PIFÉAR ET LES PÊCHEURS.

Pour Zéphoris que faut-il craindre?
La loi va-t-elle donc l'atteindre ?
Peut-on traiter avec rigueur
Le frère qui défend sa sœur?

ZÉLIDE.

Ah ! mon trouble ne peut se peindre.
La loi, mon frère, va t'atteindre !
Tu vas essuyer sa rigueur
Pour avoir protégé ta sœur.

ZIZEL, *à Zéphoris.*

Tu vas à la prison me suivre de ce pas.

TOUS.

Quoi ! la prison !... Ah ! ne l'y menez pas!

ZÉLIDE, *à Zizel.*

Mon doux seigneur, je vous le jure,
Si contre vous mon frère s'emporta,
Ce n'était pas pour vous faire une injure,
Il est trop poli pour cela.

(*Elle lui glisse une pièce de monnaie.*)

ZIZEL.

(*A ses acolytes.*)

Un instant ! un instant ! Pour remplir mon office,
Je dois à la justice,
Avant qu'on le punisse,
D'écouter ses raisons.

(*Prenant Zélide à part et tendant la main.*)

Voyons donc vos raisons,
Nous écoutons.

(*Zélide donne une autre pièce.*)

Bon ! déjà
Je goûte
Cette raison-là.

(*Il tend encore la main, nouvelle pièce d'argent.*)

J'approuve sans doute
Aussi celle-là.

Même jeu de scène et pareille réponse de Zélide.)

Vos trois raisons, vos trois raisons, mignonne,
Sont d'un grand poids.

Il fait sauter l'argent dans sa poche.)

Et j'y fais droit, car je le dois.

A ses acolytes, qui entourent Zéphoris.)

J'ai l'âme bonne,
Je lui pardonne.
Et quant à vous, pêcheurs, plus de délits nouveaux.
Maintenant, que chacun retourne à ses travaux.
Allez à l'ouvrage ;
Moi, j'ai bien travaillé, mes chers petits moutons.

CHOEUR.

Gais pêcheurs, quittons ce rivage,
Le soleil luit les vents sont bons,
Et les flots, tout bas, à la plage,
Semblent redire nos chansons.
Allons pêcher, partons! partons!

(Tout le monde sort, à l'exception de Pifear, Zélide et Zéphoris.)

SCÈNE IV.

ZÉPHORIS, PIFÉAR, ZÉLIDE.

ZÉPHORIS.

Demeure, Piféar, j'ai à te parler.

PIFÉAR.

A moi?

ZÉPHORIS

Et à toi aussi, ma sœur. (Il leur prend la main à tous deux.)

ZÉLIDE.

Que peux-tu avoir à me dire?

ZÉPHORIS.

Tu baisses les yeux, tu rougis!... Petite sœur, vous savez de quoi je veux vous entretenir.

PIFÉAR.

Moi, je n'ai pas rougi, je n'ai baissé aucun œil, moi; j'ignore de quoi tu veux nous entretenir, moi.

ZÉPHORIS.

Eh bien! je vais tout t'apprendre; mon garçon, tu n'es pas beau...

PIFÉAR.

Il y a des bossus qui sont plus laids que moi.

ZELIDE.

Certainement.

ZÉPHORIS.

Tu n'as pas grand esprit...

PIFÉAR.

Il y a des imbéciles qui sont plus bêtes que moi.

ZÉLIDE.

Sans doute.

ZÉPHORIS.

Tu manques de courage...

PIFÉAR.

Il y a des poltrons qui... Ah çà! mais, si c'est là tout ce que tu as à m'apprendre...

ZÉPHORIS.

Non... j'en veux venir à ceci : que tout laid, tout bête et tout poltron que tu es...

PIFÉAR.

Merci!

ZÉLIDE.

Mon frère...

ZÉPHORIS.

Il y a cependant une belle et bonne fille qui a la folie de t'aimer.

PIFÉAR.

Tu appelles ça de la folie?... Mais c'est du goût, c'est du goût!

ZÉPHORIS.

Enfin, comme toutes les faiblesses du cœur me paraissent excusables, à moi, dont le cœur parle plus haut que la raison, dis un mot et je te donne sa main.

PIFÉAR, très-joyeux.

Sa main! À moi!... Tu me donnes sa main! sa main! (Changeant de ton.) Et avec quoi dedans?

ZÉPHORIS.

Comment?

ZÉLIDE.

Avec quoi?

PIFÉAR.

Pardon... je me suis trompé, je veux dire : avec combien dedans?

ZÉLIDE, pleurant.

Oh! c'est affreux!

ZÉPHORIS, avec indignation.

Oh! Piféar!

PIFÉAR.

Qu'est-ce que vous avez? Est-ce que c'est pour moi que je demande ça?... Pour moi! par exemple!... C'est pour eux.

ZÉPHORIS et ZÉLIDE.

Pour eux?...

PIFÉAR.

Oui, pour les trois ou quatre petits que nous aurons d'abord, les cinq ou six qui viendront après, et... la suite, ensuite. Ah! dame! mon grand-père en a eu douze, mon père en a eu quatorze, et je suis perdu de réputation si je ne vais pas à dix-sept.

ZÉPHORIS, avec colère.

Enfin!

PIFÉAR.

Enfin, il faut bien que je m'occupe de leur avenir, à ces chers petits... à venir. Car je les aime, je les chéris; je les... Et vous, ma femme future, est-ce que vous ne les aimez pas, nos futurs petits?

ZÉLIDE.

Mais...

ZÉPHORIS.

Bref, tu veux savoir ce que nous avons d'argent... Eh bien, adresse-toi à Zélide, moi je n'en sais rien; c'est elle qui tient le trésor.

PIFÉAR.

Ah! c'est elle qui... Nous disons donc, Zélide, que nous avons?...

ZÉLIDE, baissant les yeux.

Nous n'avons rien.

ZÉPHORIS, étonné.

Rien?

PIFÉAR.

Ce n'est guères...

ZÉPHORIS.

Rien, Zélide? Et ce que nous a laissé notre père?

ZÉLIDE.

Jusqu'ici, j'ai gardé le silence, de peur de t'affliger, mon frère; mais aujourd'hui, je ne veux tromper personne, et il faut bien que je te dise la vérité.

ZÉPHORIS.

Parle.

ZÉLIDE.

Depuis longtemps, mon ami, ta pêche est malheureuse, je te vois rentrer au logis, si triste, si abattu, que je n'ai pas le courage de t'adresser le moindre mot de reproche, et je vais prendre une à une, pour nous faire vivre, ces pièces de monnaie que notre père avait amassées pour nous.

ZÉPHORIS, avec force.

Pour toi, Zélide! pour te faire une dot!... Et tout est épuisé?...

ZÉLIDE.

Tout!

ZÉPHORIS.

Oh! pardonne-moi, sœur, pardonne-moi.

ZÉLIDE.

Ce n'est pas ta faute si le poisson ne se prend pas dans tes filets.

PIFÉAR.

Le poisson! mais il s'y précipite, au contraire, dans ses filets; seulement, Zéphoris le rejette.

ZÉLIDE.

Se peut-il?

PIFÉAR.

Il dédaigne le merlan, il méprise la limande, il rejette à l'eau les turbots... les plus beaux...

ZÉLIDE.

Serait-il vrai?

PIFEAR.

Ce qu'il demande à la mer ce sont de jolis coraux, c'est un banc de perles fines... il est fou, enfin.

ZÉLIDE.

Assez, assez! (Allant lentement a Zéphoris qui se tient la tête baissée et lui prenant la main.) Frère! elle est donc bien riche celle que tu aimes?

ZÉPHORIS, la pressant sur son cœur.

Oh! tu m'as deviné, tu m'as compris, toi.

PIFÉAR.

Je demande à comprendre aussi.

ZÉPHORIS.

Oui, je l'aime avec passion, avec délire, et je voudrais des trésors pour les lui donner si elle est pauvre, ou pour m'élever jusqu'à elle si sa naissance est illustre.

PIFÉAR.

Il aime et il ne connaît pas son objet! est-ce drôle... Mais, j'y pense, serait-ce pour cette beauté que tous les soirs, à la deuxième heure de la nuit, tu viens là, à cette place?

ZÉPHORIS.

Oui, je l'attends, depuis huit grands mois, mais c'est en vain.

ZÉLIDE.

Où l'as-tu donc vue pour la première fois?

ZÉPHORIS.

Dans ces flots... où le courant l'entraînait.

PIFÉAR.

Ah! c'est là-dedans que tu as fait sa connaissance?

ZÉPHORIS.

C'etait par un beau soir d'été, j'errais seul, dans ces parages Tout à coup des cris de désespoir frappent mon oreille, une jeune fille va périr : je m'élance à son secours du haut d'un rocher qui domine la mer, bientôt la pauvre enfant est dans mes bras; longtemps je luttai contre le courant, qui m'entraînait à mon tour; enfin, nous arrivâmes sur cette plage, et c'est sur ce sable même que je la déposai encore évanouie, les rayons de la lune inondaient son visage de leur douce clarté.... Oh! qu'elle était belle! mon Dieu! La voix de ses compagnes qui accouraient vers nous vint m'arracher à mon extase. Honteux de mes regards, je détournai la tête et je m'enfuis. J'avais sauvé sa vie, je voulus sauver auss sa pudeur.

ZÉLIDE.

Et tu ne l'as jamais revue?

ZÉPHORIS.

Jamais!... Est-elle une humble fille comme toi, ma sœur? estelle née au sein des villes? je ne sais.

ROMANCE.

PREMIER COUPLET.

J'ignore son nom, sa naissance;
Quand, éperdu, dans l'onde je la vis,
Sa seule robe d'innocence
Était le flot auquel je la ravis.
Elle était belle,
Je la sauvai;
Et voilà d'elle
Ce que je sai :
Peut-on demander à l'aurore,
Sortant de son lit immortel,
Si le doux rayon qui la dore
Lui vient de la terre ou du ciel?

DEUXIÈME COUPLET.

En la cherchant, je n'ai pour guides
Que son image et ce modeste anneau,
Qui glissa de ses doigts humides
Et que je veux garder jusqu'au tombeau.
Quand je soupire,
Le pauvre anneau
Semble me dire :
Cherche au hameau.
L'image me dit, au contraire:
Cherche loin du monde réel;
Je ne puis habiter la terre
Puisque les anges sont au ciel.

ZÉLIDE.

Pauvre Zéphoris, hélas! où te conduira ton amour?

ZÉPHORIS.

Oh! cent fois j'ai voulu l'oublier; mais comment faire? Le jour, la nuit, son image est toujours là, devant moi.

PIFÉAR.

On ferme les yeux, donc.

ZÉPHORIS.

Mais, à l'avenir, c'est fini! plus de rêves insensés! je veux regagner ce que mon amour égoïste t'a fait perdre; et puisque tu as encore la faiblesse de l'aimer, lui, qui ose te marchander..

PIFÉAR.

Mais non, je ne marchande pas.

ZÉPHORIS.

Dans deux mois, j'aurai retrouvé tout ce que notre père nous avait laissé, dans deux mois vous serez unis.

ZÉLIDE.

Mon bon frère! (Elle l'embrasse à droite.)

PIFÉAR.

Mon... beau-frère! (Il l'embrasse à gauche, Zéphoris le repousse.)

ZÉPHORIS.

Allons, venez.

PIFÉAR.

Non, il est trop tard, je reste. J'attends ici... quelqu'un... une pratique à moi.

ZÉPHORIS.

A qui tu vends du poisson?

PIFÉAR.

Non, c'est un seigneur pour lequel je porte au loin des lettres... que je soupçonne... d'amour.

ZÉLIDE et ZÉPHORIS.

Comment?

PIFÉAR.

Depuis huit jours j'en ai déjà porté trois comme ça... il s'agi d'aller... au large... bien au delà du banc de corail que ne dépassent jamais les pêcheurs. Là, une barque qui vient... je ne sai d'où, accoste la mienne... celui qui la monte prend mon messag et m'en donne un autre... il emporte le mien, je rapporte le sien.. et on me donne deux pièces d'or pour ça... Il n'y a que les secret d'amour qui se payent aussi cher.

ZÉPHORIS.

D'amour... ou de trahison... qui sait?...

PIFÉAR.

De trahison!

ZÉPHORIS.

Je me méfie de cette générosité, de cette barque venue on n sait d'où... Enfin, c'est ton affaire.

PIFÉAR.

J'aperçois mon homme... au revoir.

ZÉPHORIS et ZÉLIDE.

Au revoir. (Ils sortent.)

SCÈNE V.

KADOOR, PIFÉAR.

PIFÉAR.

Une trahison... allons donc! c'est impossible. (A Kadoor qui entre. Seigneur.

KADOOR.

Tu es exact... c'est bien... mais sache aussi être muet

PIFÉAR.

Je le serai, seigneur... comme un poisson.

KADOOR.

D'ailleurs... sur un mot, je te ferais trancher la tête.

PIFÉAR, tremblant.

Tran... tran... trancher la tête... (A part.) Ah! Zéphoris disa vrai... ça sent la trahison.

KADOOR.

Si tu me sers avec discrétion... je paye généreusement. Ce mes sage sera le dernier, et celui-là, je le paye trois pièces d'or.

PIFÉAR.

Trois pièces d'or! Zéphoris se trompait, c'est un amoureux.

KADOOR.

Tiens! tu partiras demain, avec tous les pêcheurs, pour ne p éveiller les soupçons.

PIFÉAR.

Et demain, la belle aura votre lettre... car, c'est pour une bell

KADOOR.

Tu as deviné... mais pas un mot.

PIFÉAR.

Pas un mot!... (Il sort.)

SCÈNE VI.

KADOOR, *seul.*

Tout va bien! Ce pêcheur est un imbécile; il ne peut soupçonner de quelle haute mission je viens de le charger; à merveille! Endors-toi dans ta mollesse, insolent monarque, ton ennemi veille... Mais, quelles sont ces clameurs. (*Il remonte.*) C'est lui! c'est le roi et notre belle cousine; me soupçonnerait-on? tenons-nous à l'écart et assurons-nous en. (*Il s'éloigne.*)

SCÈNE VII.

LE ROI, NÉMEA, KADOOR, SUITE DU ROI ET DE LA PRINCESSE.

CHOEUR.

Gloire à Brahma qui te protége,
Brillant cortége,
D'un ciel si pur!
Au Roi du jour c'est lui qui donne
Cette couronne
D'or et d'azur.

LE ROI.

Arrêtons-nous sous ces épais ombrages,
Et respirons, en liberté,
L'air pur de ces rivages.

NÉMEA.

Ah! de ces bords heureux j'admire la beauté,
Que la nature est grande en ses ouvrages!
Quels sites! quels tableaux et quelle majesté!

LE ROI

Oui, quelle majesté!
La mienne, en vérité,
Est bien peu de chose à côté.
Qu'en dites-vous, belle cousine?

NÉMEA.

O roi! Votre essence est divine,
Vous avez trop d'humilité.

NOCTURNE.

Du tendre oiseau la mélodie,
Le clair ruisseau de la prairie,
Le sable d'or, l'herbe fleurie,
Les hauts palmiers, les verts îlots
Et les flots,
Les blanches fleurs à peine écloses,
Magnolias, jasmins et roses,
Ces sublimes ou douces choses,
C'est pour les rois seuls que Brahma
Les créa.

LE ROI.

Vous vous trompez, ma belle amie;
Du tendre oiseau la mélodie,
Le sable d'or, l'herbe fleurie,
Les hauts palmiers, les verts îlots
Et les flots,
Les blanches fleurs à peine écloses,
Magnolias, jasmins et roses,
Ces sublimes ou douces choses,
C'est pour les belles que Brahma
Les créa.

SCÈNE VIII.

LE ROI, KADOOR, NÉMEA.

LE ROI, *à Kadoor qui reparaît.*

Eh! c'est notre beau cousin; je m'étonnais de ne point vous voir parmi les seigneurs de ma cour; mais la présence de Némea m'a bien vite rassuré, et je lui disais, il y a quelques instants :—Princesse, puisque vous êtes avec moi, nous ne tarderons pas à voir le prince Kadoor.

KADOOR.

Les fleurs attirent les abeilles.

NÉMEA.

Et les frelons.

LE ROI.

Soyez donc plus aimable pour ce pauvre Kadoor.

KADOOR.

Votre Majesté est bien bonne de me témoigner une si généreuse pitié.

LE ROI.

J'ai mes raisons, cousin.

KADOOR.

Et puis-je les connaître?

LE ROI.

Cette couronne que nous portons, vous pouviez en hériter aussi bien que nous-même et puisqu'elle nous est échue, nous voulons, pour vous consoler, vous donner le plus beau joyau du royaume. (*Il lui montre Némea.*)

NÉMEA.

C'est-à-dire que je payerai les frais de la guerre.

LE ROI.

La guerre!

KADOOR.

La guerre! entre Sa Majesté et moi. Oh! décidément, princesse, vous ne m'aimez pas, et peut-être ferais-je mieux de renoncer à nos projets d'alliance.

LE ROI.

Y renoncer? mais répondez donc, Némea.

NÉMEA.

Je crois que le seigneur Kadoor a raison.

LE ROI.

Comment?

KADOOR.

Daignez vous expliquer.

NÉMEA.

Eh bien, seigneur Kadoor, l'hommage de votre cœur et de votre main m'honore au plus haut degré; mais cela me gêne... un peu, et cela me désoblige... beaucoup.

KADOOR.

Que voulez-vous dire?

NÉMEA.

Tenez, je vais vous parler franchement. Prince Kadoor... mon cœur ne m'appartient pas.

LE ROI

Vous aimez quelqu'un?

KADOOR.

Et cet homme... c'est?...

NÉMEA.

Je ne le connais pas.

KADOOR.

Mais, princesse...

NÉMEA.

Écoutez... c'est toute une histoire : Il y a quelques mois, j'eus la fantaisie d'aller me baigner sur une plage éloignée; l'endroit était désert; au loin, seulement, passait une barque élégante, montée par de jeunes seigneurs, car l'écho répétait leurs chants, et ces chants étaient ceux de la cour. Tout à coup, un courant inconnu m'entraîne au large, je veux lutter, je crie, j'appelle... et je disparais enfin sous les flots... Quand je revins à moi, j'étais étendue sur le sable, et lorsque je demandai à mes femmes qui m'entouraient, quel était mon sauveur : Nul n'était sur la grève, me répondirent-elles; votre sauveur est un envoyé du ciel, qui a disparu à notre approche.

LE ROI.

Kadoor, est-ce que vous croyez à cette intervention de Brahma?

KADOOR.

Moi, Majesté?

NÉMEA.

Oh! je suis trop peu de chose pour que le ciel m'ait envoyé un de ses anges. Mon sauveur n'est pas tombé du ciel, il s'est élancé de cette barque montée par de jeunes seigneurs, il m'a disputée au courant qui menaçait de l'engloutir avec moi, et c'est au péril de sa vie qu'il a sauvé la mienne.

KADOOR.

Tout ceci ne me dit pas ce que l'offre de ma main ..

NÉMEA.

A de gênant pour moi? Vous ne comprenez pas qu'en affichant partout vos prétentions à mon cœur, en publiant hautement notre prochain mariage, vous l'empêchez de se faire connaître, lui!

LE ROI.

C'est vrai, vous l'effarouchez, lui!

KADOOR.

Si c'est là le seul obstacle, j'ose vous prédire, princesse, que celui qui garde le silence par discrétion avant notre mariage, se taira par respect quand vous m'appartiendrez.

NÉMEA.

Soit! il ne se fera pas connaître... vous me répondez de lui; mais si je le découvre, je ne vous réponds pas de moi, du tout.

LE ROI.

Comment, Nemea...

NÉMEA.

Écoutez donc, un jeune seigneur qui vous sauve, et qui ne demande rien..... cela mérite beaucoup. (A Kadoor.) Réfléchissez-y, seigneur, réfléchissez-y... longtemps.

LE ROI, bas.

Mon cher Kadoor, à votre place, je crois que j'y réfléchirais... toujours.

KADOOR.

Ainsi, princesse, votre dernier mot?

NÉMEA.

Mon dernier mot, le voilà: Si celui qui m'a sauvée se présente à moi, s'il me redit ces paroles suprêmes que m'arrachait le désespoir quand j'allais mourir; si ce seigneur est de haute naissance; et si Sa Majesté daigne le permettre, je lui donnerai mon cœur et ma main.

LE ROI, avec une feinte sévérité.

Et si je le défends, princesse?

NÉMEA.

Alors, Majesté, je reprendrai... ma main. (Elle remonte la scène.)

LE ROI, riant.

Je comprends!

NÉMEA.

N'est-ce pas une barque de la maison royale, que j'aperçois au loin?

LE ROI.

Oui, princesse.

NÉMEA.

La mer est bien calme aujourd'hui.

LE ROI.

Vous plairait-il de monter dans cette embarcation?

NÉMEA.

Elle est très-éloignée du rivage.

LE ROI.

Qu'à cela ne tienne. Holà! esclave... appelle ces pêcheurs que e vois là-bas sur la grève. (L'esclave sort.)

NÉMEA.

Si Votre Majesté le désire, en attendant l'arrivée de la barque royale, nous continuerons notre promenade sur ces bords.

LE ROI.

Soit! nous accompagnez-vous, Kadoor?

KADOOR.

Non, Majesté, j'ai... quelques ordres à donner; je ferai, en même temps, prévenir les rameurs royaux.

LE ROI.

Votre main, Néméa. (Au moment où ils vont sortir, Zéphoris et Piféar, amenés par l'esclave, paraissent au fond. Zéphoris en apercevant Némea pousse un cri, et descend en scène comme en proie à une vision.)

ZÉPHORIS.

Grand Dieu! c'est elle! c'est bien elle! (Le Roi et Némea s'éloignent suivis de la cour.)

KADOOR.

Qu'a donc cet homme?

PIFÉAR.

Qui, elle? celle que tu as sauvée?

KADOOR.

Que dit-il?

ZÉPHORIS, remontant la scène pour suivre Némea des yeux.

Oh! ce n'est pas une illusion...

KADOOR.

Eh quoi! ce serait là... (A Piféar.) Pêcheur, monte dans ta barque, et de la part du roi, fais aborder ici le canot que tu vois au large.

PIFÉAR.

Le roi? le roi m'envoie en commission; oh! ma fortune est faite. (Il sort.)

SCÈNE IX.

ZÉPHORIS, KADOOR.

ZÉPHORIS.

Seigneur .. par grâce, daignez me dire... quelle est cette jeune femme si richement vêtue qui vient de s'éloigner?

KADOOR, l'observant.

C'est?... la princesse... Némea.

ZÉPHORIS.

Une princesse!

KADOOR.

Pourquoi cette question?

ZÉPHORIS.

Pardon, seigneur; mais vous ne pouvez pas savoir... vous ne pouvez pas comprendre... (Il veut s'éloigner.)

KADOOR, le retenant.

Tu te trompes, je comprends ton émotion, et je sais que tu as sauvé la princesse qui allait mourir.

ZÉPHORIS.

Qui vous a dit?...

KADOOR.

Elle-même.

ZÉPHORIS.

Elle!

KADOOR.

Qui m'a chargé de rechercher son sauveur.

ZÉPHORIS.

Se peut-il?... Elle se souvient encore?... elle!... me chercher... pourquoi? dans quel but?

KADOOR.

Oublie-t-on si vite un généreux dévouement? Mais, d'abord c'est toi, c'est bien toi qui l'as sauvée?

ZÉPHORIS.

Oui, seigneur.

KADOOR.

C'était?...

ZÉPHORIS.

C'était un soir.

KADOOR.

Il y a de cela?...

ZÉPHORIS.

Il y aura demain juste huit mois.

KADOOR, à part.

Demain? (Haut.) Et tu te jetas à la mer?... (Il regarde autour de lui)

ZÉPHORIS.

Du haut de ce rocher que vous voyez là-bas.

KADOOR.

Et... lorsque tu l'eus arrachée à la mort... tu la portas?...

ZÉPHORIS.

Ici même, seigneur.

KADOOR, à part.

Ici!

ZÉPHORIS.

Voilà le sable qui lui servit de couche.

KADOOR, à part.

Bien! (Haut.) Enfin, tu te souviens, n'est-ce pas, de ces paro[les] qu'elle disait avec désespoir dans cette lutte suprême où elle croy[ait] succomber?

ZÉPHORIS.

Ces paroles prononcées par elle et entendues de moi seul... C[ertes] seigneur, je m'en souviens! Ma mère... ma mère chérie, s'écri[ait] elle, du haut des cieux, protége-moi!

KADOOR, à part.

A merveille! (Haut.) Oui, c'est toi, c'est bien toi! et je puis te [té]moigner toute la reconnaissance de Néméa... et je puis te dire qu'elle attend de ton respect, ce qu'elle espère de ton dévouem[ent]

ZÉPHORIS.

Parlez, seigneur, que veut-elle? Chacun de ses désirs sera p[our] moi comme un ordre de Dieu même; que veut-elle?

KADOOR.

Que tu promettes de ne jamais révéler à personne que c'es[t la] princesse Némea que tu as sauvée.

ZÉPHORIS.

Oh! ce secret restera entre nous trois!

KADOOR.

Que tu promettes de ne jamais chercher à te rapprocher d'el[le]

ZÉPHORIS, avec douleur.

Eh quoi!...

KADOOR.

Que tu jures, enfin, de ne jamais lui rappeler qu'un misérable pêcheur l'a tenue un instant dans ses bras...

ZÉPHORIS, à part.

Oh! mon rêve, mon beau rêve! Tout est fini pour moi.

KADOOR.

Consens-tu à me faire ce serment?

ZÉPHORIS, à part.

Elle est princesse! un abîme nous sépare!

KADOOR.

Eh bien?

ZÉPHORIS.

Dites-lui, seigneur, que la princesse Néméa n'a rien à redouter du pauvre Zéphoris..... recevez ici mon serment solennel! Je vous jure, seigneur, de me taire pour tous...

KADOOR.

Et pour elle-même?

ZÉPHORIS, avec effort.

Et pour elle-même, je le jure par Brahma qui m'entend.

KADOOR.

C'est bien. (Lui tendant une bourse.) Je lui porterai ton serment, et j'ajouterai que tu as reçu ta récompense.

ZÉPHORIS.

Oui, seigneur, j'ai reçu une récompense et mille fois plus précieuse que celle-ci, que je refuse.

KADOOR.

Comment?

ZÉPHORIS.

Cette femme si noble, si fière et si belle, moi, pauvre pêcheur, je l'ai tenue dans mes bras; ce cœur si hautain, il a battu contre mon cœur, ces longs cheveux noirs ont enveloppé ensemble et sa tête et la mienne, et quand je l'eus arrachée à la mort, mes lèvres ont osé presser son front. Dites-lui cela, seigneur, elle comprendra que je suis bien payé, et que je n'ai pas besoin de votre or... (Il sort.)

SCÈNE X.

KADOOR, seul.

Oser me braver ainsi!.. oh! malheur à lui!.. il se taira du moins... il l'a juré... Néméa m'appartiendra... et si, pour me rassurer tout à fait, ce n'est pas assez du serment de cet homme... eh bien! .. il partira.

SCÈNE XI.

KADOOR, LE ROI, NÉMÉA.

KADOOR.

Le roi et la princesse... à notre rôle. (Il semble réfléchir profondément.)

LE ROI.

Encore ici.

KADOOR.

Majesté... pardonnez... je...

NÉMÉA.

Dans quelles graves réflexions étiez-vous donc plongé?

KADOOR.

Je songeais, princesse, à tout ce que vous m'avez dit il y a quelques instants.

NÉMÉA.

Et vous pensez?...

KADOOR.

Je pense que celui qui vous a sauvée serait bien fou de garder plus longtemps le silence...

NÉMÉA.

Vous le connaissez donc?

KADOOR.

Je le connais.

LE ROI.

En vérité?

NÉMÉA.

Oh! nommez-le-moi, nommez-le-moi, je vous en conjure?

KADOOR.

Vous vous sentez donc toujours près de l'aimer?

NÉMÉA.

Je l'avoue, seigneur.

KADOOR.

Eh bien!... celui qui fut assez heureux pour exposer ses jours en sauvant les vôtres, celui qui n'aurait voulu vous devoir qu'à l'amour et non à la reconnaissance...

NÉMÉA et LE ROI.

C'est?

KADOOR.

C'est moi!

TRIO.

NÉMÉA.

O surprise inouïe!
O coup inattendu!
S'il m'a sauvé la vie,
Mon bonheur est perdu!

LE ROI.

O surprise inouïe!
L'ai-je bien entendu?
Il lui sauva la vie,
Je reste confondu.

KADOOR.

Un seul mot l'a guérie
D'un amour prétendu,
A sa coquetterie
Le tour était bien dû.

NÉMÉA, à Kadoor.

Afin qu'en moi nul doute ne demeure,
De vous je veux savoir l'endroit, le jour et l'heure
Où vous avez sauvé mes jours.

KADOOR.

Vraiment cela
M'est bien aisé, car cet endroit est là,
Non loin du rocher solitaire
Qui prête à l'onde son mystère.

NÉMÉA.

C'est vrai.

LE ROI, à Néméa.

C'est vrai?

KADOOR, avec force.

C'est vrai! puis voici le rivage
Où par le courant maîtrisé,
Sur le sable je vous posai.

NÉMÉA.

C'est vrai!

LE ROI, à Néméa.

C'est vrai?

KADOOR, avec force.

C'est vrai! pour dernier témoignage,
Quand je me jetai dans les flots,
Parmi vos cris je distinguai ces mots:
« Ma mère, ô ma mère chérie!
» Du haut des cieux, sois mon appui. »

NÉMÉA.

C'est lui!

KADOOR.

C'est moi.

LE ROI.

C'est lui!

REPRISE DE L'ENSEMBLE.

KADOOR

Oui, la voilà guérie, etc.

NÉMÉA et LE ROI.

O surprise inouïe, etc.

LE ROI.

Et maintenant, belle cousine,
Vous devez l'aimer, j'imagine?

NÉMÉA, après un silence.

J'interroge mon cœur.

KADOOR.

Eh bien?

LE ROI.

Eh bien?

NÉMÉA.

Eh bien
Il ne me répond rien.

KADOOR.

Comment! rien?

NÉMEA.

Rien.

KADOOR.

Rien?

LE ROI, *à Kadoor en riant.*

Rien!

NÉMEA, *à Kadoor.*

Mais prenez patience;
Mon cœur doit m'avoir entendu:
Avant deux minutes, je pense
Qu'il m'aura répondu.

ENSEMBLE.

LE ROI *et* NÉMEA.

Ah! ah! ah! etc., etc.
Dès qu'il aura parlé, prince, on vous le dira.

KADOOR, *riant ironiquement.*

Ah! ah! ah! etc.
Implacables railleurs! ma revanche viendra.
(A Némea.)
Mais, ne disiez-vous pas vous-même:
« Mon sauveur est celui que j'aime? »

NÉMEA.

Oui, sans doute, je le disais...
Mais...

LE ROI.

Mais?

KADOOR.

Mais?

NÉMEA.

Mais...
Je ne le croyais pas si près.

LE ROI *et* NÉMEA.

Ah! ah! ah! etc.
Qui pouvait, beau cousin, se douter de cela!

KADOOR.

Ah! ah! ah! etc.
Implacables railleurs, ma revanche viendra!

LE ROI, *à Némea.*

Les deux minutes sont passées,
De vos plus intimes pensées
Vous ne pouvez plus rien celer.
Allons, princesse, il faut parler.

PREMIER COUPLET.

En songe, vous voyiez l'image
D'un brillant et jeune seigneur,
Au cœur brûlant, au doux visage,
Et vous disiez, c'est mon sauveur!
Mais enfin, le mystère cesse;
Votre sauveur est retrouvé,
Dites-nous à présent, princesse,
Si vous croyez encore avoir rêvé

DEUXIÈME COUPLET.

Vous l'adoriez sans le connaître;
Et répétiez dans votre ardeur:
Jamais je n'aurai d'autre maître
Que mon mystérieux sauveur!
Vous vous faisiez cette promesse
Avant de l'avoir retrouvé,
Dites-nous à présent, princesse,
Si vous croyez toujours avoir rêvé.

NÉMEA, *à Kadoor qui semble l'interroger*

Puisque je ne dois plus vous taire mes pensées,
Puisque vous êtes mon sauveur,
Et puisqu'enfin, noble seigneur,
Les deux minutes sont passées:
Voici ma main...

KADOOR.

O bonheur! ô bonheur!

NÉMEA.

Je vous donne ma main... mais je garde mon cœur.

KADOOR.

Et pour qui donc?

NÉMEA.

Mais... pour moi-même.

LE ROI, *à Kadoor.*

Le temps est un maître suprême!
Prince, prenez la main en attendant le cœur.

ENSEMBLE.

LE ROI.	KADOOR.
Enfin, il la tient,	Enfin, je la tiens,
Cette main chérie;	Cette main chérie
Némea devient	C'est de tous les biens
Son bien et sa vie.	Celui que j'envie.
A ses feux jaloux,	A mes feux jaloux
Plus de résistance!	Plus de résistance!
Il a l'assurance	J'obtiens l'assurance
D'être son époux.	D'être son époux.

NÉMEA.

Ah! je vous préviens
Que je me marie,
Sans que ces liens
Comblent mon envie.
S'il faut aux époux
Un amour immense,
Je n'aurai, je pense,
Qu'amitié pour vous

STRETTE.

KADOOR.

Je l'épouse, car dans mon cœur,
Je n'ai point peur
Que sa froideur
Soit le signal de sa rigueur.

NÉMEA.

Je l'épouse, lui, mon sauveur!
Mais j'ai bien peur
Que de mon cœur
Jamais il ne soit le vainqueur.

LE ROI.

Elle épouse enfin son sauveur:
Mais j'ai bien peur
Que de son cœur
L'époux ne soit jamais vainqueur.

LE ROI, *remontant.*

La barque royale est prête. (Il prend la main de Némea.)

KADOOR, *s'inclinant.*

A bientôt, ma noble fiancée.

NÉMEA, *soupirant.*

Sa fiancée! Je l'ai promis. A bientôt, seigneur. (Le Roi et Némea montent dans la barque accompagnés de quelques seigneurs. Zéphoris paraît au fond. Il suit Némea des yeux, et semble la contempler encore lorsqu'elle a disparu.)

SCÈNE XII.

KADOOR, ZÉPHORIS.

KADOOR, *sans voir Zéphoris.*

J'ai réussi! Némea ne découvrira jamais la ruse que j'ai employée. Ce pêcheur... (Zéphoris fait quelques pas comme pour suivre la barque des yeux.)

KADOOR.

C'est lui... Que fait-il donc?

ZÉPHORIS, *sans voir Kadoor.*

Pourquoi n'es-tu pas née obscure? Pourquoi ne suis-je qu'un pauvre pêcheur?

KADOOR.

Qu'entends-je? (Il va à lui et lui frappe sur l'épaule.)

ZÉPHORIS, *se retournant.*

Seigneur...

KADOOR.

Tu as promis de te taire.

ZÉPHORIS.

Je tiendrai mon serment.

KADOOR.

Ton serment ne me suffit plus.

ZÉPHORIS.

Que voulez-vous dire?

KADOOR.

Écoute: je suis le prince Kadoor, issu du sang royal, et presque roi moi-même. (Zéphoris s'incline.) Némea est ma fiancée; demain elle sera ma femme.

ZÉPHORIS.

Votre femme!

KADOOR.

Tu as refusé l'or que je t'offrais...

ZÉPHORIS.

Mon travail suffira aux besoins de ma sœur.

KADOOR.

Ta sœur sera à l'abri du besoin et tu partiras demain.

ZÉPHORIS.

Partir... Quoi? vous voulez?...

KADOOR.

Je l'ai dit ma volonté! Ta sœur me répondra de ton obéissance.

ZÉPHORIS.

Grand Dieu! ma sœur?

KADOOR.

Eh bien?

ZÉPHORIS.

Je partirai, seigneur.

KADOOR.

J'y compte! (A part.) Maintenant, je suis tranquille, la princesse est bien à moi. (Il sort.)

SCÈNE XIII.

ZÉPHORIS, seul.

Partir! ne plus la revoir! Et pourquoi la reverrais-je?

RÉCITATIF.

Elle est princesse! elle est princesse!
O destin, contre moi l'armeras-tu sans cesse?
Je la retrouve et la perds à la fois.
Elle est princesse! elle est princesse!
Que ne suis-je du sang des rois!

CAVATINE.

Un regard de ses yeux viendrait finir ma peine
Si j'étais roi.
Je serais à ses pieds et bénirais ma chaîne
Si j'étais roi.
Des plus ardents rivaux je défirais la haine
Si j'étais roi.
Humble fille ou princesse elle serait ma reine
Si j'étais roi.
Mais je ne suis qu'un pêcheur de la grève,
Son noble sang près du trône l'élève,
Ah! plus d'espoir, doux objet de mon rêve,
Il faut mourir et mourir loin de toi.
Hélas! un doux regard viendrait finir ma peine
Si j'étais roi.
Humble fille ou princesse elle serait ma reine
Si j'étais roi.

Je n'ai plus que quelques heures à passer en ce lieu chéri, sur ce sable adoré qui fut sa couche et qui est devenue la mienne. (Il se jette sur le sable.) Doux sable, confident de mes amours... (Il trace avec son doigt des caractères sur le sable.) Que de fois... tu m'as entendu gémir! Que de fois... Mais, où va s'égarer ma pensée! Quels mots viens-je de tracer sur le sable? Oh! pauvre fou! (On entend au loin le chœur des matelots qui reviennent. Zéphoris laisse tomber sa tête sur le sable.) Princesse! elle est princesse! Ah! si j'étais roi, roi, roi!... (Il s'endort. La nuit est venue.)

SCÈNE XIV.

LE ROI, NÉMEA, ZÉPHORIS endormi. SUITE DU ROI ET DE LA PRINCESSE.

CHOEUR ET SCÈNE FINALE.

O barque légère et fidèle!
Tu ressembles à l'hirondelle
Qui rase les flots de son aile
Sans tracer dans l'onde un sillon.
Pour juger la noble chaloupe,
Point n'est besoin, devant sa coupe,
De voir à sa hautaine poupe
Flotter le royal pavillon

(La barque aborde, le Roi en descend donnant la main à Némea, des esclaves les précèdent portant des lanternes.)

LE ROI, *à sa suite.*

Prenons le sentier des Bambous;
Nous abrégerons notre route,
(Ils descendent la scène.)

NÉMEA, *voyant Zéphoris dans l'obscurité.*

O ciel!

LE ROI.

Qu'avez-vous donc? et pourquoi tremblez-vous?

NÉMEA.

Qui donc est là?

LE ROI.

C'est un pêcheur sans doute.

(Il prend une lanterne des mains d'un esclave et se penche sur Zéphoris.)

Je l'avais dit.. c'est un pêcheur qui dort,
Insouciant du sort.
Mais que vois-je écrit sur le sable?
Oh! l'histoire admirable!
Je croyais ce pêcheur insouciant du sort;
Mais il s'en occupe, ma chère,
Beaucoup trop au contraire.

NÉMEA.

Et comment donc?

LE ROI.

Lisez ces mots qu'en s'endormant
Il a tracés. — Ah! c'est charmant

NÉMEA, *lisant.*

Si j'étais roi!

LE ROI.

Si j'étais roi!

ZÉPHORIS, *rêvant.*

Si j'étais roi!

LE ROI.

Que ferait-il, s'il était roi?
Ah! par ma foi!
Quelle plaisante idée il me vient à cette heure!
Holà! mon médecin!

(Le médecin s'approche.)

Cet homme dort et je veux qu'il demeure
Dans cet état jusqu'à demain.
Faites-lui respirer cette liqueur magique
A qui j'ai dû souvent un sommeil léthargique.

(Le médecin obéit.)

LE ROI, *à un officier, après lui avoir parlé à voix basse.*

Vous m'entendez? allez!

(L'officier s'incline et va prévenir les matelots qui prennent leurs avirons et s'approchent de Zéphoris, endormi par le médecin.)

LE ROI, *au médecin qui accourt vers lui.*

Profondément il dort?
C'est bien!
(Il fait signe aux matelots d'enlever Zéphoris.)

NÉMEA.

Que faites-vous?

LE ROI.

Je répare le tort
Du ciel envers cet homme;
J'exauce son désir.

NÉMEA.

Eh! quoi?

LE ROI.

Il désire être roi,
Et le roi, pour un jour, lui donne son royaume.
Nous verrons ce qu'il en fera,
Et comment il s'en tirera.

(Aux matelots.)

Au palais emportez cet homme.

NÉMEA.

L'histoire est unique, je croi.

(Elle va s'éloigner, le Roi l'arrête, et lui montrant Zéphoris que les matelots emportent sur leurs rames.)

LE ROI, *riant.*

Devant nous, Némea, laissons passer le roi.

LE ROI et NÉMEA.

Pauvre pêcheur, du trône avide,
Vers les grandeurs ton roi te guide;
Et c'est lui-même qui préside
A ton sommeil;
A ton réveil.

(Ils suivent le cortége de Zéphoris.)

ACTE II.

La salle du trône dans le palais de Moussoul.

SCÈNE PREMIÈRE.

LE ROI, KADOOR, NÉMEA, ISSALIM, LE GRAND ADIGAR DU PALAIS, ATAR, SEIGNEURS et SERVITEURS.

LE ROI.

Écoutez-moi tous. Je vous ai fait appeler afin de vous prescrire mes ordres souverains. (Tout le monde s'incline.) Cet homme qui est endormi là, dans notre propre chambre... nous voulons qu'à son réveil chacun le salue du nom de roi!... et lui obéisse comme à nous-même.

KADOOR.

Quoi! Votre Majesté?...

NÉMEA.

Mais ne comprenez-vous pas, seigneur Kadoor, que le roi veut nous donner une journée de plaisir et de folie?

LE ROI.

Qui sait, Némea? il y a peut-être là autre chose qu'une fantaisie, un passe-temps royal.

NÉMEA.

Comment?

LE ROI.

Cet homme du peuple, cet obscur pêcheur doit connaître bien des abus que nous ignorons. Il a entendu, sans doute, bien des plaintes qu'on empêche de monter jusqu'à nous; il a vu couler bien des larmes que l'on nous cache, et nous pensons que si, de temps en temps, et pour un jour, nous prêtions notre pouvoir à quelque humble sujet, les affaires de l'État n'en iraient peut-être pas plus mal.

KADOOR.

Le roi est aujourd'hui en veine de haute philosophie.

LE ROI.

Le roi ordonne et veut être obéi. (Tout le monde s'incline encore.)

KADOOR.

Pour ma part, c'est avec joie que je remplirai le rôle qu'il plaira à Votre Majesté de me donner dans cette comédie, et je brûle de connaître notre roi d'un jour!

LE ROI.

Eh! mais! c'est vrai, vous ne l'avez pas encore vu! Le grand adigar de mon palais vous informera de ce que j'attends de chacun de vous.

NÉMEA.

Pour moi, je réclame la faveur de choisir moi-même mon emploi.

LE ROI.

Comment?

NÉMEA.

Que Votre Majesté me permette de tourner la tête au nouveau roi.

LE ROI.

Je vous l'abandonne, belle cousine. Maintenant, seigneurs, éloignez-vous; le roi va s'éveiller. (Tout le monde s'incline et s'éloigne.)

KADOOR, regardant le Roi.

Pauvre fou! c'est peut-être son dernier jour de royauté, et il le donne. (Némea et Kadoor saluent le Roi et sortent.)

SCÈNE II.

LE ROI, L'ADIGAR, LE MÉDECIN, ESCLAVES et JEUNES FILLES.

LE MÉDECIN.

Majesté, le pêcheur ouvre les yeux.

LE ROI, à haute voix.

Le lever du roi!

L'ADIGAR, au fond du théâtre.

Le lever du roi!

UNE VOIX, au lointain.

Le lever du roi! (Entrent des Esclaves portant des cassolettes embrasées, des Jeunes Filles qui jouent de la vina, espèce de lyre indienne.)

ZÉPHORIS, dans la chambre du roi.

Zélide! Piféar!

SCÈNE III.

LES MÊMES, ZÉPHORIS.

ZÉPHORIS entre en scène comme effaré; tous les assistants se prosternent devant lui.

Où suis-je?... En croirai-je mes yeux... je rêve sans doute... où suis-je?... ô ciel! où suis-je? (Les Jeunes Filles chantent.)

CHOEUR.

O roi! ton peuple qui t'adore,
Incliné devant ta grandeur,
A ton lever croit voir l'aurore
Dans son immortelle splendeur.
Sans ta sagesse qui l'éclaire,
Sans ton amour qui le conduit,
Déshérité de la lumière,
Ce peuple vivrait dans la nuit.
O roi! etc.

ZÉPHORIS, *immobile, dans son extase.*

Oh! c'est un rêve qui m'enchante,
C'est un mensonge du sommeil.
Mais chante encor, troupe charmante,
Trop tôt me viendra le reveil.

LE CHOEUR.

O roi! etc.

ZÉPHORIS.

Ce n'est pas un rêve! je vois, je marche... Non, non, je ne dors pas, mais pourtant!... ces riches habits dont je suis vêtu... ce palais... (Le roi le salue, Zéphoris s'incline.)

LE ROI.

Votre Majesté a-t-elle fait des songes heureux?

ZÉPHORIS.

Ma... ma majesté? A qui croyez-vous parler?

LE ROI.

Mais... je parle au roi.

ZÉPHORIS.

Qui, le roi?

LE ROI.

Votre Majesté, dont j'ai l'honneur d'être le premier ministre

ZÉPHORIS.

Mon premier ministre!... ah! je le disais bien c'est un songe

LE ROI.

Daignez rappeler vos souvenirs... Voilà dix ans que vous portez la couronne.

ZÉPHORIS.

Dix ans!

LE ROI.

Il est vrai qu'à la suite d'une longue maladie... Votre Majesté a été... privée de sa raison.

ZÉPHORIS.

Moi?

LE ROI.

Dans certaines heures d'égarement Votre Majesté s'imagine être un pauvre pêcheur du nom de Zéphoris.

ZÉPHORIS.

Oui, certes, je suis Zéphoris, c'est moi!

LE ROI.

Hélas! voilà que le roi retombe dans un de ses accès de fièvre Le médecin du roi!

ZÉPHORIS.

Un médecin! Non, non, c'est inutile... ça va bien! ça va très bien!... J'ai horreur des médecins.

LE ROI.

Alors Votre Majesté va prendre son repas du matin.

ZÉPHORIS.

Un repas! (A part.) Oh! quelle idée! (Haut.) Oui, je veux déjeuner... je veux déjeuner.

LE ROI.

Le déjeuner du roi! (Des esclaves apportent à Zéphoris des plateaux chargés de fruits et de flacons.)

DUO.

ZÉPHORIS.

On ne peut pas manger et rêver à la fois;
Voyons donc si je rêve.
(*Il prend un fruit et le porte à sa bouche.*)
Eh! mais... eh! mais... je mange

(Après avoir tendu sa coupe à un esclave.)
Eh ! mais... eh ! mais je bois,
Oui, je bois... et je mange !

LE ROI.

Versez, versez encor
De ce vin couleur d'or. *(Il boit.)*

ZÉPHORIS.

Songe heureux ! rêve étrange ;
Est-ce à toi que je dois
Le bon vin que je bois ?
Ils disent vrai, peut-être ;
C'est moi qui suis le roi.

LE ROI.

Oui, vous êtes le roi.

LE CHOEUR.

Notre roi ! notre roi !

ZÉPHORIS.

Non ! non ! cela ne peut pas être.
Que l'on jette par la fenêtre
Celui qui le premier m'appellera le roi. *(Silence.*
Les voilà qui soudain restent muets d'effroi.

ENSEMBLE.

ZÉPHORIS.

Oh ! la surprenante aventure,
Je suis pêcheur, tout me l'assure,
Cependant l'on me traite en roi,
Et chacun tremble devant moi.

LE ROI.

Pour lui l'étonnante aventure !
Il ne sait déjà plus, je le jure,
S'il est pêcheur ou s'il est roi,
Allons, tout ira bien, je crois.

ZÉPHORIS, *au Roi.*

Vous n'osez plus rien dire maintenant.

LE ROI.

J'ai peur pour mes jours.

ZÉPHORIS.

Vous ? comment ?

LE ROI.

Après l'ordre donné, je craindrais, ô mon maître,
Qu'on me jetât par la fenêtre.

ZÉPHORIS

Le feraient-ils ?

LE ROI.

Je le crois bien.

ZÉPHORIS.

Pour moi, je n'en crois rien.

LE ROI.

Tentez l'épreuve à l'instant même
Sur cet esclave que voilà.

ZÉPHORIS.

Oui, vous avez raison, je verrai bien par là
Si j'ai la puissance suprême.
Approche, l'esclave, et dis-moi
Qui je suis.

L'ESCLAVE, *tremblant.*

Vous êtes le roi.

(A l'instant même, les autres esclaves s'emparent de leur camarade; ils l'élèvent au-dessus de leurs têtes et vont le jeter par la fenêtre.)

ZÉPHORIS.

Arrêtez, je vous croi, je vous croi, je vous croi !

(Les esclaves s'arrêtent.)

Ah ! la surprenante aventure !
Je suis pêcheur, tout me l'assure,
Pourtant on m'obéit, ma foi,
Tout comme si j'étais le roi.

LE ROI.

Pour lui, l'étonnante aventure, etc., etc.

ZÉPHORIS.

Viens ça, viens ça, mon pauvre esclave noir ;
Pour adoucir tes maux que n'ai-je en mon pouvoir
Quelques pièces d'argent.

(Il porte machinalement la main à sa poche.)

Juste ciel ! dans ma poche
J'entends sonner...

(Il se fouille.)

LE ROI.

Il va vider sa poche.

ZÉPHORIS.

Eh ! eh ! l'esclave, approche,
Prends-moi cela.

(Il tire une pièce.)

Quoi ! c'est de l'or ?

(Il se fouille.)

De l'or toujours.

(Même jeu.)

De l'or encor !

(Même jeu.)

Toujours de l'or ! toujours de l'or !

(Il le sème à terre.)

REPRISE DE L'ENSEMBLE.

Ah ! la surprenante aventure !
Je suis pêcheur, tout me l'assure,
Et pourtant je trouve sur moi
Autant d'or que si j'étais roi.

LE ROI.

Pour lui l'étonnante aventure !
Il croit déjà, la chose est sûre,
Qu'il n'est pas pêcheur, mais bien roi ;
Allons, tout va bien, je le voi.

LES ESCLAVES, *ramassant les pièces d'or.*

Merci, grand roi,
Honneur à toi.
Merci, grand roi,
Honneur à toi.

ZÉPHORIS.	LE ROI.
Qui me dira,	Tant qu'il sera
Qui m'apprendra	Comme cela,
Où tout cela	On aimera
S'arrêtera ?	Ce bon roi-là.

(Sur un signe du Roi les esclaves s'éloignent.)

SCÈNE IV.

LES MÊMES, NÉMEA.

NÉMEA.

Majesté, daignez recevoir tous les vœux que mon cœur forme pour vous.

ZÉPHORIS.

O ciel ! c'est elle ! c'est bien elle !

NÉMEA.

Votre Majesté paraît émue.

ZÉPHORIS.

Oh ! je suis si heureux qu'il n'est pas de mots pour exprimer ce que je ressens.

NÉMEA, *à Zéphoris.*

Le roi ne m'en a jamais dit autant.

LE ROI.

Le roi a eu tort !

NÉMEA, *à Zéphoris.*

Ce n'est pourtant pas la première fois que je me trouve en sa présence.

ZÉPHORIS.

Non, non, ce n'est pas la première fois... *(Il lui prend la main.)*

NÉMEA, *un peu troublée.*

Mais...

ZÉPHORIS, *l'enlaçant dans ses bras.*

Oh ! ne me fuyez pas ; restez, si vous ne voulez qu'en ce riche palais, au milieu des splendeurs qui m'environnent, je ne regrette mon humble cabane de pêcheur.

NÉMEA, *se dégageant.*

Majesté ! *(Bas, au Roi.)* Mon rôle est plus embarrassant que je ne pensais.

LE ROI, *bas et en contenant son rire.*

Courage !... il faut le convaincre tout à fait... mettez en œuvre tous vos moyens de séduction.

NÉMEA.

Vous le voulez... Allons !

AIR.

RÉCITATIF.

De vos nobles aïeux et de votre couronne,
O mon royal cousin, daignez vous souvenir,
Rejetez ces transports qu'un long rêve vous donne ;
Rien ne doit plus troubler vos jours à l'avenir.

CANTABILE.

Des souverains des rivages d'Asie
Notre monarque est le plus fortuné;
Grâce et courage, esprit et poésie,
Avec grand cœur le ciel a tout donné.

. . . .

Quand l'univers entier proclame ta grandeur,
O roi! refuses-tu de sourire au bonheur?

ALLÉGRO.

Dis un seul mot, soudain ta cour
Va devenir le doux séjour
De la folie et de l'amour,
Des plaisirs et de l'ivresse.
Souriant tous au ciel d'azur,
Nul n'attendra que l'âge mur
Vienne effeuiller d'un souffle impur
Les roses de la jeunesse.
La fleur d'amour
Ne vit qu'un jour;
Hélas! à peine un jour.
Ah! dis un mot, soudain ta cour
Va devenir le doux séjour, etc., etc.

ZÉPHORIS.

Je vous écoute avec transport, avec ravissement; je voudrais vous croire, mais, hélas! je ne le puis. Je sens bien que je suis Zéphoris le pêcheur, et, à moins d'un miracle...

NÉMEA.

Un miracle!

ZÉPHORIS.

J'y songe. (A lui-même.) Hier, lorsque pensant à elle, je me suis endormi sur la plage, je demandais au ciel de me faire roi... le ciel m'aurait-il exaucé... Puisque je suis auprès d'elle, libre de lui parler, de la voir, de l'entendre, n'est-ce pas un miracle de Brahma? Oh! oui, plus de doute, c'est un miracle. (Haut.) Je crois à ma royauté!

LE ROI, riant.

Il y croit!...

NÉMEA.

A la bonne heure!

ZÉPHORIS.

Oui, j'y crois, Némea, et si l'avenir que le ciel m'a préparé doit effacer de mon esprit bien des choses du passé, il en est une qui défiera tous les enivrements de la gloire et de la richesse... c'est le souvenir du jour où je vous vis pour la première fois...

NÉMEA.

Que voulez-vous dire?

ZÉPHORIS.

Ce jour-là, c'était...

LE ROI.

Prince Kadoor, arrivez donc.

ZÉPHORIS, à part.

Kadoor! oh! je me souviens! c'est à cet homme que j'ai juré...

NÉMEA.

Achevez...

ZÉPHORIS.

Je ne le puis... (A part.) Roi ou pêcheur, je dois tenir mon serment.

NÉMEA.

Qu'allait-il m'apprendre?

SCÈNE V.

LES MÊMES, KADOOR, puis LE CONSEIL.

LE ROI.

Venez donc présenter votre hommage au roi.

KADOOR, très-galement.

Majesté, je viens annoncer le Conseil... (Regardant Zéphoris.) O ciel! mon pêcheur... ici, près d'elle!

ZÉPHORIS.

Ah! vous me reconnaissez, vous?

LE ROI, bas.

Comment?

KADOOR, de même.

J'ai eu besoin de ses services... de sa discrétion...

LE ROI.

Prenez garde...

ZÉPHORIS, à Kadoor.

Eh bien?

KADOOR, avec contrainte.

Qui de nous... ne connait... Votre Majesté...

ZÉPHORIS.

Lui aussi?... Comment! vous ne vous souvenez pas?...

KADOOR, vivement.

Voici le Conseil... (Six ministres se présentent.)

ZÉPHORIS.

Le Conseil attendra.

KADOOR.

Impossible!... il y a, dit-on, de graves affaires à traiter... Venez, venez, princesse...

ZÉPHORIS

Mais...

NÉMEA.

Les femmes, vous le savez, ne peuvent assister aux délibérations d'État!

ZÉPHORIS.

Du moins, je vous reverrai?... Prince Kadoor, j'aurai à vous parler... c'est vous qui ramenerez ici la princesse.

KADOOR.

Moi... que je... (Mouvement du Roi.) Oui... oui... Majesté... (A part. Oh! j'empêcherai qu'il ne la revoie...

LE ROI.

Le roi veut-il prendre la place sur son trône?

ZÉPHORIS.

Mon trône! Ma foi, puisque Brahma me le donne, ne fût-ce qu pour un jour, pour une heure, mon devoir est de l'occuper digne ment, d'être juste envers tous et de consoler ceux qui souffrent. (Il monte au trône.)

NÉMEA, bas.

Eh! mais, c'est fort bien dit, cela.

KADOOR, riant.

Oui, le pauvre garçon prend son règne au sérieux!

LE ROI.

Ne riez plus, prince Kadoor! il parle de réparer des injustice de calmer des douleurs et d'essuyer des larmes! En ce momer il est véritablement roi.

KADOOR, avec ironie.

Soit! venez, princesse. (Tout le monde sort, excepté les six conseillers, Roi et Zéphoris.)

SCÈNE VI.

LE ROI; ZÉPHORIS, LES CONSEILLERS, puis ATAR.

LE ROI, à Zéphoris.

Le Conseil est ouvert! Voici le rapport de votre ministre de ju tice et de grâce... « Tous les employés de l'État remplissent dign ment le mandat que Votre Majesté leur a confié. »

ZÉPHORIS.

Ce rapport-là n'a pas le sens commun!

TOUS.

Comment?

ZÉPHORIS.

Il est un magistrat, du nom de Zizel, qui vend la justice.

LE ROI.

Ah! ah! nous ignorions cela!

ZÉPHORIS.

Qu'on l'arrête... qu'on lui applique cent coups de bâton sous plante des pieds.... et de plus qu'il soit privé de sa charge.

LE ROI.

Fort bien! (Au secrétaire.) Écrivez. (Lisant.) « Tous les sujets de Vo Majesté la bénissent, et vivent heureux sous son règne. »

ZÉPHORIS.

Hein! qui dit cela?

LE ROI.

Votre troisième ministre.

ZÉPHORIS.

Le troisième n'en sait pas plus long que le second.

LE ROI, riant.

Vous entendez... ministre? (A Zéphoris.) Cependant, tout le monde chérit le roi?

ZÉPHORIS.

Ah! vous croyez cela, vous?

LE ROI.

Oui, certes!

ZÉPHORIS.

Eh bien! vous vous trompez.

LE ROI, déconcerté.

Et qui donc ne l'aimerait pas?

ZÉPHORIS.

Qui?... ceux qu'il néglige de protéger. (Il descend du trône.)

TOUS.

Comment!

ZÉPHORIS.

Il y a au village de Nessir toute une population de pauvres pêcheurs que pressure ce Zizel... Il leur prend chaque jour les trois quarts de leur gain.

LE ROI.

C'est affreux!... Et j'ignorais encore cela!

ZÉPHORIS.

Bah! Vous en ignorez bien d'autres.

LE ROI.

Vous croyez?

ZÉPHORIS.

Oui, oui, oui.

LE ROI, à part.

Allons, décidément, la leçon est bonne.

ZÉPHORIS.

On me fera venir ces pêcheurs, et l'on comptera dix pièces d'or à chacun d'eux.

LE ROI, au secrétaire.

Écrivez, écrivez encore.

ZÉPHORIS.

Allons, continuons.

LE ROI, lisant.

Voici le rapport du quatrième ministre : « Les jeunes filles les plus sages de chaque province ont été mariées et dotées par le roi. »

ZÉPHORIS.

Les plus sages?... Et Zélide, la plus vertueuse fille de Nessir, est-ce qu'on l'a dotée... celle-là?

LE ROI, souriant.

Votre Majesté veut-elle qu'on lui donne cinquante pièces d'or?

ZÉPHORIS.

C'est cent pièces d'or que je voudrais lui donner!

LE ROI, au secrétaire.

Écrivez. Cent pièces d'or.

ZÉPHORIS.

Ma bonne Zélide, qu'on la fasse venir.

LE ROI.

Vous serez obéi. Passons aux affaires politiques. (Zéphoris remonte sur le trône. Atar entre.) Justement, voici le seigneur Atar. (A Atar.) Vous avez la parole.

ATAR.

Mais, c'est que j'apporte de graves nouvelles...

LE ROI.

Qu'est-ce donc?

ATAR.

Le roi, d'après le conseil du prince Kadoor, a fait partir hier son armée pour châtier les peuples de Visapour. Mais on assure que depuis quelques jours on a vu croiser au sud-ouest de l'île une escadre portugaise.

LE ROI, vivement.

Parlez-vous sérieusement?

ATAR.

On ajoute qu'un homme de la côte s'est éloigné plusieurs fois au delà des bancs que ne dépassent jamais nos pêcheurs.

ZÉPHORIS, à part.

C'est Piféar!

ATAR.

Et qu'on l'a vu communiquer avec des gens montant une barque qui vient du large et s'éloigne aussitôt — peut-être après un échange de lettres...

ZÉPHORIS, à part.

C'est bien cela.

ATAR.

Qu'ordonne le roi? (Mouvement du Roi.)

ZÉPHORIS, vivement.

Le roi ordonne que l'armée rentre à Goa en toute diligence.

LE ROI, à Atar.

Il a raison!... (Aux ministres.) Qu'il soit fait ainsi. (Il donne l'ordre d'écrire.)

ZÉPHORIS.

J'ordonne encore qu'on s'empare d'un pêcheur du village de Nessir, le nommé Piféar; qu'on l'emprisonne et que l'on coule sa barque. (A part.) Il ne portera pas la lettre.

LE ROI, au secrétaire.

Donnez. Il faut que je signe, afin que le commandant de nos armées sache bien que l'ordre de son rappel a été délibéré dans le conseil. (Le Roi va expédier la dépêche, Zéphoris s'en empare; mouvement du Roi, auquel l'entrée de Kadoor vient faire diversion.

SCÈNE VII.

LES MÊMES, KADOOR.

KADOOR, qui a entendu ces dernières paroles.

Rappeler l'armée... Gardez-vous-en bien!

ZÉPHORIS, au Roi.

Pourquoi?

KADOOR.

J'ai pris, comme c'était mon devoir, de sérieuses informations sur les bâtiments qu'on a pu voir au large.

LE ROI, vivement.

Eh bien?

KADOOR.

Ce sont des bâtiments marchands qui, surpris par les vents furieux du nord-ouest, restent en vue de nos atterrissages.

LE ROI, rassuré.

A la bonne heure! Mais ce pêcheur...

KADOOR, riant.

Pure invention! Depuis bien des années pas une barque de pêcheur n'a dépassé les bancs du Sud. (Le Roi fait un geste.) Je l'atteste!

LE ROI.

A merveille!

ZÉPHORIS, à part.

Mais Piféar! Piféar est allé trois fois au delà de ces bancs.

KADOOR.

Le roi peut donc être rassuré et laisser l'armée achever son œuvre.

LE ROI.

Allons, c'est aussi mon avis.

TOUS LES MINISTRES.

C'est le nôtre!

ZÉPHORIS, à part.

Ce n'est pas le mien; mais agissons prudemment. (Haut.) Que l'armée continue sa route. (Il serre la dépêche dans son sein.) Ah! respirons un peu. (Il fait signe à un esclave de venir.)

LE ROI, au milieu des ministres.

J'entends que ses volontés soient ponctuellement accomplies!... Grand adigar!

ZÉPHORIS, à l'esclave noir de la deuxième scène.

Tu sais comment on exécute mes ordres... Prends cet écrit, et porte-le de l'autre côté du détroit au chef de l'armée. Sois diligent et fidèle; il y va de ta vie. (L'esclave sort.)

KADOOR, à part.

J'ai bien fait d'arriver.

LE ROI, aux ministres.

C'est moi qui recevrai les gens qu'il a fait appeler. Vous m'entendez...

ZÉPHORIS.

L'esclave est parti. (Voyant entrer Néméa.) Néméa!... maintenant songeons à mon amour.

LE ROI, allant à Zéphoris.

Votre Majesté n'a pas de nouveaux ordres à donner?

ZÉPHORIS.

Si fait!... Prince Kadoor! (Il lui fait signe d'approcher.)

KADOOR.

Que me veut Votre Majesté?

ZÉPHORIS.

Je suis véritablement le roi, n'est-ce pas?

KADOOR, à qui le Roi fait un signe.

Oui, oui, certes.

ZÉPHORIS.

Vous ne m'avez donc pas connu simple pêcheur?

KADOOR.

Moi... je...

LE ROI, qui est passé près de Kadoor.

Ne balbutiez pas.

KADOOR, à Zéphoris.

Jamais, jamais, Majesté.

ZÉPHORIS, joyeux.

Je ne vous ai donc fait aucune promesse, aucun serment?

LE ROI, passant entre eux.

Aucun. N'est-il pas vrai, Kadoor?

KADOOR, avec contrainte.

Aucun, aucun...

ZÉPHORIS, vivement.

C'est dit! Je suis libre alors, (à Némea) et je puis tout vous dire...

KADOOR.

Grand Dieu!

NÉMEA.

Que signifie?

ZÉPHORIS, au Roi.

Qu'on nous laisse.

LE ROI.

Plaît-il?

ZÉPHORIS.

Sortez.

LE ROI.

Vous... vous me renvoyez?

ZÉPHORIS.

Vous, et tous les autres.

LE ROI, à part, en riant.

C'est parfait! (Haut.) Seigneurs, le roi nous congédie!

KADOOR.

Mais...

LE ROI, riant.

Faites comme moi, prince... Obéissez! obéissez. (Ils sortent. Kadoor veut emmener Némea, Zéphoris l'arrête et lui ordonne de partir, seul.)

SCÈNE VIII.

ZÉPHORIS, NÉMEA.

ZÉPHORIS.

Nous voilà seuls, enfin!

NÉMEA.

Votre Majesté m'a demandé un entretien... et je me rends à ses ordres.

ZÉPHORIS.

Mes ordres!... ordonner? moi qui vous aurais sacrifié ma vie sur un mot, sur un signe, et qui le ferais encore? moi, qui vous aime?

NÉMEA, riant.

Vous m'aimez?

DUO.

NÉMEA.

Vous m'aimez, dites-vous? Ah! Votre Majesté
Veut se jouer ici de ma crédulité,

ZÉPHORIS.

Non, aussi vrai que je respire,
D'amour mon cœur est éperdu.

NÉMEA.

Facilement ce cœur soupire,
Car cet amour ne m'est pas dû.

ZÉPHORIS.

Et qui donc plus que vous mérite
D'être aimée à l'égal de Dieu?

NÉMEA.

L'amour ne vient pas aussi vite.
O roi! vous vous faites un jeu.

ZÉPHORIS.

Que dites-vous, hélas! un jeu?

. . . .

Non, non; depuis des jours sans nombre
Je vous adore et sans espoir;
Comme l'étoile du ciel sombre
Qu'on voit, mais qui ne peut nous voir.

NÉMEA.

Eh quoi! depuis des jours sans nombre
Sur lui j'exerce un doux pouvoir?
Hélas! j'ai fait de loin, dans l'ombre,
Un malheureux sans le savoir.

ENSEMBLE.

ZÉPHORIS.

Cet amour ne vient pas de naître,
Croyez-en l'aveu de mon cœur;
A vous ma vie, à vous mon être;
A moi la joie et le bonheur.

NÉMEA.

Malgré moi sa voix me pénètre;
Je voudrais sourire et j'ai peur.
Hélas! il me dit vrai, peut-être;
Quel trouble s'élève en mon cœur!

NÉMEA.

Et depuis quand donc, Majesté,
Cet amour est-il de ce monde?

ZÉPHORIS.

Depuis que par un soir d'été,
Un pêcheur vous sauva de l'onde.

NÉMEA.

Un pêcheur! ah! que dites-vous?

ZÉPHORIS.

Et ce pêcheur est devant vous.

NÉMEA.

Qu'osez-vous dire?... y pensez-vous?

ZÉPHORIS.

Contre moi soyez sans courroux;
Si j'avais promis le silence,
Je puis le rompre maintenant,
Car le prince, en votre présence,
M'a relevé de mon serment.

NÉMEA

Et quel serment?

ZÉPHORIS.

Le serment de me taire,
Qu'hier le prince exigea du pêcheur,
Et dont aujourd'hui le seigneur
Dégage son roi.

NÉMEA, *à part.*

Quel mystère!
Je tremble de l'apprendre.
Le prince aurait pu s'avilir
Jusqu'à mentir.

ZÉPHORIS.

Je vous cherchais n'ayant pour guides
Que votre image et ce modeste anneau,
Qui glissa de vos doigts humides,
Et que je veux garder jusqu'au tombeau.

NÉMEA.

Mon anneau! c'est mon anneau même.
Je le croyais au fond des eaux.

ZÉPHORIS.

Il m'a consolé de mes maux,
Il fut mon talisman suprême.

NÉMEA, *à elle-même.*

Oh! le prince est un imposteur,
(*Haut.*) Et voilà, voilà mon sauveur!

ENSEMBLE.

NÉMEA.	ZÉPHORIS.
Il m'aime! il m'aime!	O toi que j'aime,
Lui, mon sauveur!	Vois mon bonheur.
Quel trouble extrême	Le ciel lui-même,
Naît dans mon cœur!	Jour enchanteur,
Mon sang bouillonne	Le ciel me donne
Dans sa fierté,	En sa bonté,
Mais tout l'ordonne,	Une couronne
Qu'il soit dompté!	Et ta beauté.

ZÉPHORIS.

Obscure flamme,
Dont je mourrais.
Fleur de mon âme,
Renais, renais!
Vision sombre

De mon amour,
Sortez de l'ombre,
Voici le jour!

NÉMEA.

Hélas! je tremble,
Mais dans mon cœur
Rien ne ressemble
A la frayeur.
Coquetterie,
En ce moment,
Ah! je l'expie
Cruellement.

ENSEMBLE

NÉMEA.

Il m'aime! etc.

. . . .

J'ai souffert qu'il fût mon sauveur,
Je dois souffrir aussi l'ardeur
D'un amour dont je suis l'auteur.

ZÉPHORIS.

O toi que j'aime, etc.

. . . .

O Némea! jour enchanteur,
Tout me sourit, vois mon bonheur,
J'ai la couronne et j'ai ton cœur.

SCÈNE IX.

LES MÊMES, LE ROI, KADOOR.

ZÉPHORIS.

Qui vient là? Ne peut-on me laisser en paix?

LE ROI.

Excusez-moi, Majesté! mais je ne puis contenir le prince Kadoor.

ZÉPHORIS.

Que signifie?

KADOOR, au Roi.

Le roi ne m'a-t-il pas fiancé à la princesse?

ZÉPHORIS.

Elle!... votre fiancée!

LE ROI.

Votre Majesté l'a-t-elle oublié?

ZÉPHORIS, au Roi.

Quand vous m'avez dit que ma raison m'avait abandonné, je ne vous ai pas cru. Mais je sens maintenant que si j'ai ordonné ce mariage... c'est que j'étais fou! Si j'ai promis le plus beau joyau de ma couronne, c'est que j'étais fou! Si j'ai pensé que la femme la plus accomplie du royaume pût appartenir à un autre qu'au roi, c'est que j'étais fou! Princesse Némea, c'est moi qui serai votre époux...

LE ROI.

A moins que la princesse ne préfère le sujet au roi...

ZÉPHORIS.

Que dit-il?

LE ROI.

Prononcez-vous, Némea, dites-nous qui vous aimez.

NÉMÉA, avec ironie.

Pourquoi cette question?... Mon cœur ne doit-il pas appartenir à l'homme généreux qui a sauvé ma vie au péril de la sienne...

KADOOR.

Il a tout dit!

ZÉPHORIS, à part.

O bonheur!...

LE ROI, bas à Kadoor.

Mais tombez donc à ses genoux, prince Kadoor, vous voilà le plus heureux des amants...

KADOOR.

Oui, oui... le plus heureux des... (A part.) Oh! la fureur m'étouffe.

ZÉPHORIS.

Holà! (Des esclaves paraissent.)

LE ROI.

Que va-t-il faire?

ZÉPHORIS.

Que l'on prépare un brillant festin et qu'on appelle en ces lieux tous les seigneurs de ma cour... Je veux leur annoncer...

LE ROI.

Quoi donc, Majesté?

ZÉPHORIS, brusquement.

Vous l'entendrez... (A l'esclave.) Ah! un dernier ordre. (Il lui parle bas; l'esclave sort.)

KADOOR.

Mais c'est son mariage qu'il veut annoncer à la cour.

LE ROI.

Eh bien! elle se trouvera réunie pour apprendre le vôtre.

ZÉPHORIS, à Némea.

Oh! combien je suis heureux!

NÉMEA.

Sa joie me fait mal... je me repens du rôle que j'ai joué.

FINALE.

ZÉPHORIS.

Accourez à ma voix, beaux seigneurs de ma cour.
Par vos chants d'allégresse
Fêtez et ma maîtresse
Et mon amour.
Chantez, chantez, je me marie,
Pour moi, quel fortuné destin!
Chantez, seigneurs, je vous convie,
Je vous convie au nuptial festin.

LE CHOEUR.

Ah! de grâce! grand roi, nommez-nous, nommez-nous
Celle dont vous allez être l'heureux époux.

ZÉPHORIS, *au milieu d'un groupe.*

Ce trésor de jeunesse,
De grâce et de tendresse,
Cette belle maîtresse
Que le ciel m'envoya;
Cette fleur parfumée,
Cet ange, cette almée,
Ne l'ai-je pas nommée?
Seigneurs, c'est Némea.

LE CHOEUR.

C'est Némea! c'est Némea!
Célébrons en ce jour,
Par nos chants d'allégresse,
Et sa maîtresse
Et son amour.

(Pendant ce chœur, les esclaves ont dressé, derrière les personnages descendus à l'avant-scène, les tables du festin.)

LE ROI.

Pour le royal banquet tout est prêt, Majesté.

ZÉPHORIS.

A merveille! venez, venez, fleur de beauté.

(Il prend la main de Némea. Ils se placent à table, ainsi que toute la cour.)

CHOEUR

Ah! que de vins! ah! que de mets!
Vive à jamais,
Vive à jamais
L'excellent roi, dont les banquets
Sont des bienfaits
Pour ses sujets.

ZÉPHORIS.

Je bois à notre reine,
La belle Némea.

LE CHOEUR.

A notre souveraine
La reine de Goa.

ZÉPHORIS.

Charmante Némea, chantez-nous, je vous prie,
Quelque douce chanson, quelque air de la patrie.

NÉMEA.

Je n'oserais, veuillez m'en dispenser.

ZÉPHORIS.

C'est donc à moi de commencer.

ROMANCE.

L'air caresse la branche,
Le papillon les fleurs,
L'aurore la pervenche,

Et le jour les couleurs.
La source qui murmure
Sous de riants berceaux,
Caresse la verdure
Qui caresse ses eaux.
Puisque aimer est la loi suprême,
Laisse-moi te dire : Je t'aime!
Je t'aime! je t'aime! je t'aime!

KADOOR, *au Roi, d'un air suppliant.*

Majesté! Majesté!

LE ROI.

Après avoir chanté,
Dans sa douce romance,
L'amour de la beauté,
Le roi permet, je pense,
Qu'en ce joyeux festin
L'on chante aussi l'amour du vin.

ZÉPHORIS.

Chantez, chantez ce gai refrain.

CHANSON BACHIQUE.

LE ROI.

PREMIER COUPLET.

La fleur boit la rosée,
La mer boit les vapeurs,
Et la terre épuisée
Boit le nuage en pleurs.
Pour toute la nature,
Quand boire a tant d'appas,
Pourquoi la créature
Ne boirait-elle pas?

TOUS.

Aimons et buvons tour à tour.
Fêtons et l'ivresse et l'amour.
Aimons!
Buvons!

DEUXIÈME COUPLET.

Du jour l'astre suprême
Boit l'onde à son réveil,
Et la lune, elle-même,
Boit, dit-on, le soleil.
Pour toute la nature,
Quand boire a tant d'appas
Pourquoi la créature
Ne boirait-elle pas?

TOUS.

Aimons et buvons tour à tour.
Fêtons et l'ivresse et l'amour.
Aimons!
Buvons!

(Des Bayadères arrivent en foule, et dansent devant Zéphoris.)

BALLET.

(Au bruit des gongs sacrés, les danseuses s'arrêtent, puis elles disparaissent sur un geste du Roi.

LE ROI.

Mais qui vient là?

ZÉPHORIS.

Ce sont peut-être
Les pontifes sacrés du temple des élus
Se rendant en ces lieux à l'appel de leur maître.
(Il se désigne.)

TOUS.

Les pontifes sacrés!

ZÉPHORIS.

Qu'ils soient les bienvenus

(Quatre brahmes se présentent.)

QUATUOR.

Dans tes desseins, ô roi! que Brahma te seconde!
Pour sceller à jamais le pacte solennel
Qui doit unir deux cœurs dans ce terrestre monde,
Voici venir vers toi les ministres du ciel!

ZÉPHORIS.

Venez, brahmes sacrés, m'unir à la princesse,
Selon l'antique usage, à table, unissez-nous.

(Kadoor s'approche du Roi; il semble le supplier.)

LE ROI.

Oui, vous avez raison, il faut que ce jeu cesse.

(Il fait signe au médecin qui vient prendre ses ordres.)

ZÉPHORIS.

Venez, brahmes sacrés, j'attends! dépêchez-vous,

LE ROI.

Mais, avant tout, vidons une coupe dernière,
C'est un usage populaire,
Par les rois même respecté.

(Le médecin tend une coupe à Zéphoris.)

LE ROI.

Je bois à la santé
De Votre Majesté.

CHOEUR.

Dans tes desseins, ô roi, que Brahma te seconde!
Pour sceller à jamais le pacte solennel
Qui doit unir deux cœurs dans ce terrestre monde,
Voici venir vers toi les ministres du ciel.

(Zéphoris a vidé la coupe, on le voit faire de vains efforts pour se tenir debout, il tombe sur un siége, tous les convives et les brahmes l'observent.)

ZÉPHORIS.

Qu'ai-je donc? Je me meurs!

NÉMEA.

O ciel!

LE ROI, *à Némea*

Mais quel effroi!
Il se rendort.

NÉMEA.

Hélas!

ZÉPHORIS, *douloureusement.*

Je meurs.

(On entend le motif de la cavatine.)

Et j'étais roi!
Et j'étais roi.

(Sa tête retombe sur sa poitrine. Chacun l'observe en silence.

NÉMEA.

Il dort!

LE ROI

Il dort!

KADOOR.

Il dort!

LE CHOEUR.

Il dort, il n'est plus roi.

KADOOR, *prenant la main de Némea.*

Et maintenant, brahmes, unissez-nous.

NÉMEA, *se dégageant.*

Jamais!

TOUS.

Que dites-vous?

NÉMEA.

Non! le prince; jamais, ne sera mon époux.

ENSEMBLE.

LE CHOEUR.

O mortelle injure
Que le prince endure!
Némea lui jure
De fuir son hymen.
A l'amant fidèle
Pourquoi la cruelle
Ici reprend-elle
Son cœur et sa main?

KADOOR.

O mortelle injure!
Funeste aventure!
Némea me jure
De fuir mon hymen.
Quand je suis fidèle
Pourquoi la cruelle
Me refuse-t-elle
Son cœur et sa main?

NÉMEA.

Pareille imposture
Et pareil parjure
Voulaient qu'une injure

Rompit cet hymen
A ruse cruelle
Réponse nouvelle;
Sans être infidèle
Je reprends ma main.

LE ROI.

O mortelle injure!
Funeste aventure!
Néméa lui jure
De fuir son hymen.
Quand il est fidèle,
Pourquoi la cruelle
Lui refuse-t-elle
Son cœur et sa main?

LE ROI, *à Némea.*

Mais que vous a-t-il fait?

NÉMEA.

Par égard pour moi-même
Ne le demandez pas.

KADOOR, *à Némea.*

Ma douleur est extrême.

NÉMEA.

Entre nous, plus d'hymen.
(*Au Roi.*)
Jamais il n'eût mon cœur, il n'aura pas ma main.

REPRISE DE L'ENSEMBLE PRÉCÉDENT.

O mortelle injure! etc.

TOUS.

Plus d'hymen, plus d'amours,
Séparés... pour toujours.

ACTE III.

Une cabane de pêcheur.

SCÈNE PREMIÈRE.

ZÉLIDE, seule, travaillant aux filets de son frère.

RÉCITATIF.

C'est moi qui chaque jour levée avec l'aurore,
Éveille par mes chants mon frère paresseux;
Mais, j'ai beau ce matin chanter, chanter encore,
L'obstiné ne veut pas ouvrir enfin les yeux.
Mais il est un air qu'il adore,
Et que je n'ai pas dit encore,
C'est celui de l'oiseau-moqueur;
Chantons à l'obstiné dormeur
La chanson de l'oiseau-moqueur.

PREMIER COUPLET.

Entends-tu, sous les bambous,
L'oiseau moqueur qui bavarde?
On dirait qu'il est jaloux,
Jaloux de nos chants si doux.
Ne montrons pas de courroux,
Feignons de n'y prendre garde:
C'est le moyen le meilleur
De nous moquer du moqueur.

Cet oiseau,
Vil moineau,
Est vraiment
Ignorant.
Il n'entend
Rien au chant.
Raillons-nous
Du jaloux;
Et sans peur
Du moqueur,
Poursuivons
Nos chansons.
Ah! ah! ah! ah! etc.

DEUXIÈME COUPLET.

Pour nous venger du jaloux
Que notre chant toujours choque,
Mon fiancé, taisons-nous;
Dans le silence aimons-nous.
Mais, hélas! sous les bambous,
De nos baisers il se moque;
Ah! puisqu'il raille toujours,
Il n'entend rien aux amours.

Ce moqueur
Est sans cœur!
Il ne sait
Ce que c'est
Que d'aimer
Et charmer.
Au mépris
De ses cris,
Aimons-nous,
C'est si doux;
Et chantons
Nos chansons.
Ah! ah! ah! ah! etc.

(Entr'ouvrant la porte de la chambre où est Zéphoris.)

Il dort toujours... Ah! par exemple, voilà qui est singulier... Cette course qu'il a faite en mer l'a donc beaucoup fatigué? il faut qu'il en soit ainsi, car, lorsque hier soir, en revenant de la plage, où j'avais espéré le voir débarquer, je le trouvai ici, il était déjà endormi; et je n'ai pas pu lui dire tout ce qui s'est passé pendant son absence... Et Piféar que je n'ai pas vu hier soir, que je ne vois pas ce matin, et qui lui aussi ignore tout... Va-t-il être joyeux!... Eh mais, c'est lui!...

SCÈNE II.

ZÉLIDE, PIFÉAR.

ZÉLIDE.

Bonjour, Piféar.

PIFÉAR, accablé.

Bonjour, Zélide, bonjour.

ZÉLIDE.

Qu'avez-vous donc, mon ami? je vous trouve un air singulier!

PIFÉAR, tragiquement.

Zélide!

ZÉLIDE.

Eh bien?

PIFÉAR.

Je ne suis pas content.

ZÉLIDE.

Ça se voit, vous avez la figure toute bouleversée.

PIFÉAR.

J'ai perdu de mes agréments physiques, hein! Ah! dame! les cachots, ça change un jeune homme.

ZÉLIDE.

Les cachots!

PIFÉAR.

On m'y a plongé hier matin, je n'en ai été déplongé que tout à l'heure.

ZÉLIDE.

Mais pourquoi?

PIFÉAR.

C'est sur l'ordre du roi.

ZÉLIDE.

Du roi!

PIFÉAR.

Mais je n'ai rien fait! je suis innocent comme l'enfant... qui va naître!

ZÉLIDE.

Pauvre Piféar!

PIFÉAR.

Ah! oui, pauvre est le mot!... Imaginez-vous que je suis ruiné.

ZÉLIDE.

Ruiné? Oh! quel bonheur!

PIFÉAR.

Hein? c'est comme ça que vous me plaignez?

ZÉLIDE.

Oh! c'est que vous ne savez pas?...

PIFÉAR.

Je sais qu'on a coulé ma barque.

ZÉLIDE.

Qui donc?

PIFÉAR.

Les gens de justice, et toujours par ordre du roi! Mais qu'est-ce qu'il a, mais qu'est-ce qu'il me veut le roi?... c'est peut-être parce que j'ai un peu d'esprit et de beauté qu'il me persécute.

ZÉLIDE.

Comment! vous croyez?...

PIFÉAR, avec conviction.

Il est jaloux... Le roi... me jalouse! voilà pourquoi il me jette dans les fers et fait couler ma barque.

ZÉLIDE.

Consolez-vous, nous en achèterons une autre.

PIFÉAR.

Et avec quoi?

ZÉLIDE, ouvrant un petit meuble.

Avec ça.

PIFÉAR.

De l'or!... Tout ça est à vous?

ZÉLIDE, tendrement.

A nous.

PIFÉAR, joyeux.

A nous! à nous!... (Changeant de ton.) Zélide!

ZÉLIDE.

Eh bien! qu'est-ce qui vous prend?

PIFÉAR.

Zélide! Zélide!

DUO BOUFFE.

PIFÉAR.

Tant d'or, à vous, ô ciel!
Zélide!
Ce n'est pas naturel,
Zélide!
Ce serait trop cruel,
Zélide,
Si vous étiez perfide,
Zélide.

ZÉLIDE.

L'odieux soupçon!
Sans autre façon,
Comme sans raison,
Il me croit parjure.
Je le punirai,
Je me vengerai
Et ne lui dirai
Rien de l'aventure.

PIFÉAR.

Si votre cœur est pur,
Zélide,
Faites que j'en sois sûr,
Zélide;
Car cela m'est bien dur,
Zélide,
De vous croire perfide,
Zélide.

ENSEMBLE.

ZÉLIDE	PIFÉAR.
L'odieux soupçon!	Quel affreux soupçon!
Sans autre façon,	Moi qui suis si bon,
Comme sans raison,	Me trahirait-on?
Il me croit parjure.	J'en ai peur, je jure.
Je le punirai,	Ah! je le saurai,
Je me vengerai	Et d'elle à mon gré
Et ne lui dirai	Je me vengerai
Rien de l'aventure.	En cas de parjure,

PIFÉAR.

Qui vous donna cet or?
D'où vous vient ce trésor?

ZÉLIDE, riant de lui.

Devinez... devinez, je vous le donne en mille.

PIFÉAR.

Vous savez que je n'ai jamais rien deviné.

ZÉLIDE.

Vous êtes donc...

PIFÉAR, *avec exaltation.*

Je suis... Je ne suis pas tranquille,
Voilà ce que je suis... Vous m'avez chagriné.
Et je sens qu'aux alarmes
Vont succéder les larmes,
Oui, voilà que ça vient.

ZÉLIDE.

Chacun son tour, c'est bien.

PIFÉAR.

Ah! ah! ah! ah!
Quel poids j'ai là!
Soupçon d'amour, supplice atroce!
Ah! ah! ah! ah!
Qui croirait ça!
Elle m'oublie... avant la noce!
Ah! ah! ah! ah!
Voilà, voilà,
Où devait aboutir nos flammes!
Ah! ah! ah! ah!
Quel tort on a
De tomber amoureux des femmes!
Les meilleures, à mon avis,
Ne valent jamais leurs maris.

ZÉLIDE.

Vous êtes trop aimable,
Oui, trop aimable, en vérité,
D'oser me croire ici coupable
D'un manque de fidélité...
Ah! je sens qu'aux alarmes
Vont succéder les larmes;
Oui, voilà que ça vient.

PIFÉAR.

Chacun son tour, c'est bien

ZÉLIDE.

Ah! ah! ah! ah!
Ce mari-là,
Vraiment est jaloux comme un tigre.
Ah! ah! ah! ah!
Qui croirait ça?
C'est mon futur qui me dénigre.
Ah! ah! ah! ah!
Après cela,
Fiez-vous, fiez-vous aux hommes!
Ah! ah! ah! ah!
On voit par là,
Que bien meilleures qu'eux nous sommes.
Les moins bonnes, à mon avis,
Valent bien mieux que leurs maris.

PIFÉAR.

Voyons, ne pleurez plus, car cela me fait peine;
Je ne suis plus jaloux, essuyez vos beaux yeux.
Dans ces affreux soupçons c'est mon cœur qui m'entraîne
Si je vous aimais moins, je serais plus joyeux.

ZÉLIDE.

Vous voilà plus gentil, et je veux tout vous dire.

PIFÉAR.

Je ne veux rien savoir.

ZÉLIDE.

Apprenez... (*Silence*

PIFÉAR.

Eh bien, quoi?

ZÉLIDE.

Toutes ces pièces d'or que vous voyez reluire
Je les tiens... (*Silence.*)

PIFÉAR.

De qui donc?

ZÉLIDE, *riant*

Devinez.

PIFÉAR.

Quel martyre!

ZÉLIDE.

Je les tiens. .

PIFÉAR.

Mais de qui?

ZÉLIDE.

Du roi.

PIFÉAR.

Du roi?

ZÉLIDE.

Du roi.

Comme la fille la plus sage
De toutes celles du village.

PIFÉAR.

La plus sage! la plus sage!

ENSEMBLE.

PIFÉAR.	ZÉLIDE.
Ah! c'est bien différent;	Pour lui c'est différent;
Mon bonheur est d'autant	Son bonheur est d'autant
Plus grand.	Plus grand.
La chose est neuve,	Oui, chose neuve,
L'or que j'ai vu	L'or qu'il a vu
N'est qu'une preuve	N'est qu'une preuve
De sa vertu.	De ma vertu.
Ah! c'est bien différent;	Ah! c'est bien différent;
Mon bonheur est d'autant	Son bonheur est d'autant
Plus grand.	Plus grand.

PIFEAR.

Et Zéphoris?

ZÉLIDE.

Il dort encore.

PIFÉAR.

En ce cas, il faut que vous me prêtiez sa barque pour quelques heures.

ZÉLIDE.

Oh! vous ne pêcherez pas aujourd'hui.

PIFÉAR.

Pêcher? ah! bien, oui!... il s'agit de ce paquet qui renferme une lettre... une lettre d'amour, vous savez bien, je vous en ai parlé l'autre jour; je n'ai pas pu la porter hier, parce qu'on m'a incarcéré, mais je veux la porter ce matin pour...

ZÉLIDE.

Pour gagner l'argent qu'on vous donne.

PIFÉAR.

Du tout, l'argent je n'y tiens pas; d'ailleurs je l'ai touché d'avance; mais le seigneur en question a parlé de me faire trancher la tête, et ma tête... c'est différent, j'y tiens.

ZÉLIDE.

Prenez donc notre barque.

PIFÉAR.

Et les avirons?

ZÉLIDE.

Prenez les avirons.

PIFÉAR.

Et la voile?

ZÉLIDE.

Prenez tout ce que vous voudrez.

PIFÉAR, avec intention.

Tout... ce que... je voudrai... ô Zélide!... (avec force.) tout ce que je voudrai... (Il veut l'embrasser.)

ZÉLIDE.

Finissez donc! (Se dégageant.) Mais c'est pour ma sagesse qu'on me donne cent pièces d'or.

PIFÉAR.

Bah! c'est comme moi pour la lettre! vous êtes payée d'avance... ainsi... (Il l'embrasse.)

ZÉLIDE.

C'est affreux!

PIFÉAR.

Mais non, c'est très-agréable. Au revoir, ma chère, sage et riche future. (Il sort.)

ZÉLIDE, allant à la porte du fond.

Allez vite et revenez de même.

SCÈNE III.

ZÉLIDE, ZÉPHORIS.

ZÉPHORIS, sortant de sa chambre, vêtu comme au premier acte.

Qu'est-ce que cela veut dire... Une cabane... d'humbles vêtements...

ZÉLIDE.

Ah! te voilà éveillé, mon frère.

ZÉPHORIS.

Je veux mon palais, mes esclaves, mes ministres! je veux la voir, elle... Oh! oui, c'est elle, elle surtout que je veux voir...

ZÉLIDE.

Tes ministres, ton palais?... mais qui crois-tu donc être?

ZÉPHORIS.

Qui je suis?... je suis le roi.

ZÉLIDE.

Le roi! Oh! je devine, c'est ton amour qui t'a donné quelques heures d'un bonheur éphémère, c'est ton amour qui a fait naître un songe doré qui te tient encore sous son empire.

ZÉPHORIS.

Un songe... je l'ai cru d'abord; oui, là-bas, dans ce palais, je croyais rêver... mais j'ai bien vu, j'ai bien senti que j'étais éveillé... et cependant... je me retrouve ici, près de toi... sous ces habits... et je la perds, je la perds pour toujours, elle... elle que j'aime tant... Oh! je suis malheureux, bien malheureux, ma sœur... (Il pleure.)

ZÉLIDE, allant à lui et lui prenant la main.

Ta sœur... tu l'as dit, Zéphoris, ce mot ne doit-il pas suffire pour te rappeler à toi-même... est-ce que je puis être la sœur d'un roi?

ZÉPHORIS, accablé.

C'est vrai...

ZÉLIDE.

Est-ce que cette demeure n'est pas celle qui nous vit naître?

ZÉPHORIS.

C'est vrai!

ZÉLIDE.

Est-ce que ce n'est pas ici, mon frère, que nous avons grandi, pauvres orphelins, en pleurant, en priant ensemble?

ZÉPHORIS.

C'est vrai, c'est vrai! Ma royauté, son amour, mon bonheur, (avec force) tout cela n'était donc qu'une vision... une illusion du sommeil... un songe, un songe. Ah! cependant...

ZÉLIDE, se jetant à son cou.

Frère!

ZÉPHORIS, doucement.

Non... je n'y veux plus penser... jamais... jamais... Parlons de toi, petite sœur, de ton fiancé, de ton avenir... de ton mariage... Je veux oublier ce qui me touche; mais toi, du moins, je veux que tu sois heureuse, ma sœur.

ZÉLIDE.

Le ciel a déjà fait beaucoup pour accomplir ce vœu là.

ZÉPHORIS.

Vraiment?... Assieds-toi et conte-moi cela.

ZÉLIDE.

Eh bien, hier... tandis que tu étais en mer.

ZÉPHORIS.

En mer?... moi!... mais...

ZÉLIDE, suppliante.

Oh!... et ta promesse?...

ZÉPHORIS.

Oui, oui!... soit donc! tandis... tandis que j'étais en mer?...

ZÉLIDE.

Il m'est survenu...

ZÉPHORIS.

Quoi donc?

ZÉLIDE.

Un grand bonheur... j'ai reçu de la part du roi cent pièces d'or pour ma dot. (Zéphoris se lève tout droit et demeure immobile.) Qu'as-tu donc?

ZÉPHORIS.

Cent pièces d'or... pour ta dot!... C'est moi, Zélide, moi, qui te les ai fait donner quand j'étais roi.

ZÉLIDE.

Encore! Alors c'est toi aussi qui a fait emprisonner Piféar.

ZÉPHORIS.

Piféar!

ZÉLIDE.

C'est toi qui as fait couler sa barque?

ZÉPHORIS.

Oui, oui!... la prison, la barque coulée, tout cela est mon ouvrage... Ah! je le savais bien. Merci, Brahma! C'eût été trop cruel de ne me donner l'amour de Néméa qu'en songe. Zélide! elle est à moi, elle est à moi. Je suis le roi.

ZÉLIDE.

O mon Dieu!... sa raison est perdue...

SCÈNE IV.

MORCEAU D'ENSEMBLE.

LES MÊMES, LES PÊCHEURS.

CHOEUR.

Honneur à la plus sage
Des filles du village,
A qui le roi, dit-on,
D'une dot a fait don.

ZÉPHORIS.

Envers elle il fut juste.

LE CHOEUR.

Envers nous il fut bon,
Car ce monarque auguste
A nous aussi fit don....

ZÉPHORIS, *vivement*

De dix pièces d'or?

LE CHOEUR.

Tu sais donc
Combien l'on nous donna,
Toi qui n'étais pas là?

ZÉPHORIS.

Je le sais, car c'est moi qui vous fis ce don-là.

LE CHOEUR.

Que dit-il donc?

ZÉPHORIS.

Depuis hier, grâce à Brahma,
Je suis souverain de Goa.

LES PÊCHEURS, *hommes et femmes.*

Il est fou, des plus fous!
Quel accident terrible!
Sa tête, c'est visible,
Est sens dessus dessous.
Il est fou, des plus fous,
Il est fou, des plus fous!

ZÉLIDE, *à Zéphoris.*

Hélas! ce n'est qu'un songe
Qui survit
A la nuit;
Dans l'erreur il te plonge,
Mon pauvre Zéphoris.

LE CHOEUR.

Rappelle tes esprits.

ZÉPHORIS.

Que penser de leurs cris?
Tout me revient à la mémoire
Et pourtant nul ne veut me croire;
N'ai-je donc plus, en effet, mes esprit?

(*Il tombe accablé.*)

LES PÊCHEURS.

Mais qui vient là? — C'est Zizel.

SCÈNE V.

LES MÊMES, ZIZEL.

ZIZEL, *entrant et ne pouvant marcher que sur la pointe des pieds.*

C'est moi-même.
Aie! aie! aie! aie! aie! aie! hélas! douleur extrême!
Aie! aie! aie! aie! aie! aie! ô tourment sans égal!

(*On lui donne un siége.*)

LE CHOEUR.

Qu'avez-vous? qu'avez-vous?

ZIZEL.

Aux talons j'ai bien mal.

ZÉPHORIS, *se levant radieux.*

Il a mal aux talons. C'est bien ça! c'est ça même
Sous la plante des pieds c'est moi qui lui fis don,
Pour prix de tous ses vols, de cent coups de bâton.
Vous voyez, mes amis, que j'ai bien ma raison.

ZIZEL, *se levant.*

Ah! c'est toi misérable...

(*Il marche sur lui.*)

Aie! aie! aie! ah! c'est toi! misérable! c'est toi!
Toi qui m'as dénoncé.

ZÉPHORIS.

Qui, moi?
Te dénoncer? à qui? pourquoi?
Je te savais coupable,
Je t'ai puni, c'était mon droit;
Ne suis-je pas le roi,

LES PÊCHEURS.

Il est fou, des plus fous, etc.

ZIZEL.

Il est fou, des plus fous.
Quel accident terrible, etc.

ZIZEL, *aux pêcheurs.*

Le roi m'ayant, hier au soir,
Fait l'honneur de me recevoir,

(*Mouvement de Zéphoris.*)

M'a commandé, dans sa bonté suprême,
De vous rendre à tous votre argent:
Et je viens, encore souffrant,
Exécuter son ordre à l'instant même.

ZÉPHORIS, *vivement.*

Tu n'as pas vu le roi,
Non, non, c'est impossible!
Je ne t'ai pas vu, moi;
Tu n'as pas vu le roi.

ZIZEL, *parodiant sa phrase.*

Je n'ai pas vu le roi,
Ah! la chose est risible!
Si fait, j'ai vu le roi
Tout comme je te voi!

LES PÊCHEURS.

Comme nous.

ZÉPHORIS.

Comme vous?

ZÉLIDE.

Comme moi.

ZÉPHORIS.

Comme toi?
Mais alors ce n'est donc pas moi,
Ce n'est pas moi qui suis le roi.
Ah! laissez-moi seul, laissez-moi.

ZIZEL.

J'ai votre argent.

(*Il se lève.*)

Aie! aie! Allons, suivez-moi tous.
Aie! aie! Allons! aie! aie! Allons, suivez-moi tous.

ZÉLIDE.

Sans bruit, sans bruit, éloignons-nous.
Un peu de repos, je l'espère,
Saura calmer mon pauvre frère
Et dissipera sa chimère.
Sans bruit, éloignons-nous.

REPRISE DE L'ENSEMBLE, *à demi-voix.*

(*Zizel, les Pêcheurs et Zélide sortent.*)

SCÈNE VI.

ZÉPHORIS, seul.

Ah! ma tête est perdue!... Ils disent vrai, je suis fou! je suis fou... Ma raison va du rêve à la réalité, et dans cette lutte horrible... ma tête se brise. Oh! c'est la folie! c'est la folie! Némea, c'est toi seule que je regrette; Némea, ne te reverrai-je jamais?... Némea!

SCÈNE VII.

NÉMEA, ZÉPHORIS.

NÉMEA.

Me voilà.

ZÉPHORIS.

O ciel! est-ce encore une vision? Vous ici, près de moi?...

NÉMEA.

Oui, moi, qui suis bien coupable envers vous, et qui viens vous faire l'aveu de ma faute.

ZÉPHORIS.

Que signifie?

NÉMEA.

Cessez de craindre pour votre raison, Zéphoris, vous n'avez pas fait un rêve insensé... Zéphoris, vous avez été roi.

ZÉPHORIS, avec chaleur.

Ah! c'est bien vrai, n'est-ce pas... j'ai été roi, et ma main a rencontré la vôtre?

NÉMEA.

Oui.

ZÉPHORIS.

Et je vous ai parlé de mon amour?

NÉMEA, confuse.

Oui.

ZÉPHORIS.

Et votre bouche a répondu : Mon cœur est à celui qui m'a sauvé la vie?

NÉMEA.

Oui, oui. (Vivement.) Mais en parlant ainsi j'obéissais... au véritable roi.

ZÉPHORIS.

Au véritable roi?

NÉMEA.

A celui qui, trouvant endormi sur la plage un pêcheur qui rêvait au trône, le fit plonger dans un sommeil léthargique duquel il n'est sorti...

ZÉPHORIS.

Je comprends... je comprends tout! Plus tard, ils m'ont plongé de nouveau dans ce profond sommeil! Ils m'ont rendu à ma pauvreté, à mon isolement... sans penser que ce bonheur d'un jour ferait le désespoir de ma vie entière. Et c'est vous, Némea, qui vous êtes prêtée à ce jeu cruel! Vous, qui avez déchiré, sans pitié, ce pauvre cœur qui vous aimait tant!

NÉMEA.

Ah! ne m'accablez pas! j'ignorais que vous m'aviez sauvée au péril de vos jours. J'ignorais de quel amour vous m'aimiez!

ZÉPHORIS.

D'un pur et saint amour! croyez-le. Jamais prince ou roi ne vous aimera comme vous aimait le pauvre pêcheur.

NÉMEA.

Zéphoris!

ZÉPHORIS.

Vous êtes venue pour raffermir ma raison chancelante... Mieux eût valu me laisser devenir fou tout à fait... Je ne comprendrais plus, du moins, tout ce que je perds en perdant votre amour.

NÉMEA.

Oh! taisez-vous! Par pitié, taisez-vous.

ZÉPHORIS.

C'est la dernière fois, sans doute, qu'il m'est permis de vous voir... Reprenez cet anneau... je l'ai bien souvent pressé sur mes lèvres, je l'ai bien souvent arrosé de mes pleurs!... reprenez-le, Némea, pour qu'aucun lien ne reste entre nous... reprenez-le... c'est peut-être l'anneau de fiançailles que vous donnerez à un autre...

NÉMEA.

Oh! taisez-vous... taisez-vous...

DUO.

NÉMEA.

Je fus cruelle et Dieu se venge,
Ici je reconnais son bras.
Il fait de vous, vous, mon bon ange,
L'ange vengeur des cœurs ingrats.
Votre colère doit m'atteindre,
Accablez-moi de vos mépris;
Puisque vous souffrez, Zéphoris,
J'ai perdu le droit de me plaindre.

(*Elle se détourne pour essuyer une larme.*)

ZÉPHORIS, *l'observant*.

Qu'avez-vous, princesse, et pourquoi
Détournez-vous vos yeux de moi?

(*Il surprend ses larmes.*)

Ah! quelles soudaines alarmes
Viennent remplir vos yeux de pleurs!
Ange, une seule de vos larmes
M'a payé de tous mes malheurs.
Mon ressentiment doit s'éteindre,
Tout courroux doit expirer là.
Puisque vous pleurez, Némea,
J'ai perdu le droit de me plaindre.

NÉMEA.

J'ai bien des torts envers vous.
Que votre âme grande et bonne
A cette heure me pardonne;
Je vous implore à genoux.

(*Elle tombe à genoux.*)

ZÉPHORIS.

Némea, relevez-vous.

(*Avec solennité.*)

Je vous pardonne, allez, ô noble femme,
Heureuse et fière, aux bras d'un autre époux.
Je vous pardonne, et c'est du fond de l'âme;
Vivez en paix, je prirai Dieu pour vous.

ENSEMBLE.

Je vous pardonne, allez, ô noble femme, etc.

NÉMEA.

Malgré l'amour qui me trouble et m'enflamme,
Loin de ces lieux à fuir je me résous.
A Zéphoris je dois fermer mon âme,
Car il ne peut devenir mon époux.

TOUS DEUX.

Pour vous je prirai Dieu
O mon sauveur, / Noble princesse, adieu!

(*Némea va s'éloigner, elle aperçoit Kadoor au loin. Elle rentre vivement.*)

O ciel! c'est Kadoor, c'est lui-même,
S'il me trouvait ici, chez vous!
Il est puissant! il est jaloux!

ZÉPHORIS.

Et cependant c'est lui qu'on aime.

NÉMEA.

Le voilà! le voilà!

ZÉPHORIS.

Eh bien! sortez par là.
C'est la chambre de Zélide.
Au dehors elle ouvre aussi.

(*Il va ouvrir la porte.*)

NÉMEA.

Kadoor! que vient-il faire ici?

ZÉPHORIS.

Partez, et que Brahma vous guide.

NÉMEA.

Zéphoris, que Brahma vous guide. (*Elle sort.*)

SCÈNE VIII.

ZÉPHORIS, KADOOR. (Kadoor paraît, il fait signe à quatre esclaves armés qui l'accompagnent de l'attendre au fond, en dehors de la cabane.)

ZÉPHORIS.

Quoi! le prince Kadoor chez un pauvre pêcheur?

KADOOR, *ironiquement.*

Mais non pas, Majesté; c'est un puissant monarque
A qui je rends visite.

ZÉPHORIS.

Assez, assez, seigneur.
Ma place est dans ma barque,
La vôtre est à la cour.
Souffrez que je...

(Il va s'éloigner; Kadoor lui saisit le bras.)

KADOOR, *avec force.*

Restez.

(Reprenant le ton ironique.)

J'espère qu'en ce jour,
Vous qui savez si bien rendre à tous la justice,
Vous saurez appliquer la loi dans sa rigueur
A certain Zéphoris qui, parjure à l'honneur
Et traître à son serment, a vendu son seigneur.

ZÉPHORIS.

Mais vous oubliez donc?

KADOOR.

Je demande justice,
Gracieux souverain, car je suis le seigneur,
Victime de ce traître. Il faut qu'on le punisse.
C'est à vous, Majesté, de décider son sort;
Vous qui savez si bien rendre à tous la justice,
Vous direz comme moi qu'il mérite la mort.
N'est-ce pas votre avis?

ZÉPHORIS, *regardant au fond.*

Oh! je crains de comprendre.

(Il fait un pas vers le fond; Kadoor l'arrête encore.)

KADOOR.

Cet arrêt, Majesté, vous venez de le rendre,
Pour épargner au condamné
Les angoisses d'un long supplice,
Avec moi tantôt j'amenai
Les serviteurs de la justice.
J'ai tout prévu, tout ordonné.

ZÉPHORIS.

D'un crime vous seriez capable?

KADOOR, *changeant de ton.*

Non pas, je punis un coupable.

(Appelant.)

Esclaves ..

(Il remonte. — Némea s'élance de la chambre de Zélide et lui barre le passage.)

SCENE IX.

LES MÊMES, NÉMEA.

TRIO.

NÉMEA.

Arrêtez! arrêtez!

KADOOR, *reculant de terreur.*

Némea!

NÉMEA, *froidement.*

Moi-même, prince.

KADOOR, *atterré.*

Elle était là.

NÉMEA.

Noble prince Kadoor, cela vous déconcerte,
Vous sentez, n'est-ce pas, que ces gens qui, dehors,
N'attendent qu'un signal pour consommer sa perte,
N'arriveront à lui qu'en passant sur mon corps.

KADOOR.

Eh quoi! vous prétendez?...

NÉMEA.

Le sauver! — Car je l'aime!

KADOOR.

O ciel!

ZÉPHORIS.

Qu'ai-je entendu?

KADOOR.

Vous l'aimez?

NÉMEA, *avec émotion.*

Oui, je l'aime!
Emportant mon secret j'allais quitter ce lieu,
Mais le danger qu'il court à ce moment suprême,
En blessant mon amour, m'en arrache l'aveu.

ENSEMBLE.

NÉMEA

Je voulais me taire...

KADOOR.

O fureur!

ZÉPHORIS.

O bonheur!

NÉMEA.

Mais plus de mystère..

KADOOR.

O terreur!

ZÉPHORIS.

O douceur!

NÉMEA.

Dans cette rencontre..

KADOOR.

O douleur!

ZÉPHORIS.

O faveur!

NÉMEA.

A moi Dieu se montre.

KADOOR.

O terreur!

ZÉPHORIS.

O douceur!

NÉMEA.

Il dicte lui-même...

KADOOR.

O fureur!

ZÉPHORIS.

O faveur!

NÉMEA.

Mon aveu suprême.

KADOOR.

O douleur!

ZÉPHORIS.

O bonheur!

KADOOR.

Cet aveu si doux et si tendre,
Vous l'osez faire devant moi!

NÉMEA.

Je l'eusse fait devant le roi.
Mon cœur ne pouvait plus attendre.

ZÉPHORIS, *aux pieds de Némea.*

Oh! c'est trop de bonheur pour moi.

KADOOR.

A votre main, à votre foi,
Un vil pêcheur peut-il prétendre?

NÉMEA.

S'il ne peut monter jusqu'à moi,
Jusqu'à lui je saurai descendre.

ZÉPHORIS.

Oh! c'est trop de bonheur pour moi.

REPRISE DE L'ENSEMBLE.

NÉMEA.

Je voulais me taire, etc.

KADOOR.

Ah! c'est son arrêt de mort que vous venez de prononcer... moi, mes esclaves malais, à moi! *(Le Roi paraît.)*

NÉMEA et KADOOR.

Le roi.

SCÈNE X.

LES MÊMES, LE ROI et DOUZE SEIGNEURS.

LE ROI.

Némea!... Kadoor en ces lieux!

NÉMÉA.

Que Votre Majesté daigne empêcher un crime.... Le prince ordonne la mort de Zéphoris.

LE ROI.

Le prince n'a fait, peut-être, que devancer mes ordres.

NÉMÉA.

Vos ordres ?...

KADOOR, à part.

Comment ?

LE ROI.

Oui, cet homme n'a pas craint d'abuser de notre signature royale... il a osé, au mépris de notre volonté, faire partir secrètement l'ordre qui devait ramener l'armée... Et l'armée est aux portes de Goa!

KADOOR, à part.

Grand Dieu ! (Haut.) Il a fait cela?

ZÉPHORIS.

Je l'ai fait!

LE ROI.

Et qui t'a suggéré cette pensée? Pourquoi as-tu envoyé cette dépêche, puisque le prince nous en avait fait comprendre le danger...

ZÉPHORIS.

Parce que je n'ai pas cru le prince sur parole...

KADOOR.

Malheureux!...

ZÉPHORIS.

Parce que je savais qu'un pêcheur portait réellement des messages aux Portugais qui observent la côte.

KADOOR.

Tu mens!...

LE ROI.

La preuve! la preuve!... ce pêcheur, quel est-il?

SCÈNE XI.

LES MÊMES, PIFÉAR, ZÉLIDE.

PIFÉAR, entrant.

Zéphoris!

ZÉLIDE, de même.

Mon frère! ciel!

ZÉPHORIS.

Ce pêcheur, le voilà, Majesté.

PIFÉAR et ZÉLIDE.

Le roi!

LE ROI.

Lui!

KADOOR.

Je suis perdu!

LE ROI.

Est-il vrai que tu aies porté des messages...

PIFÉAR.

En pleine mer? oui. Non; — je ne sais pas.

LE ROI.

Comment?

PIFÉAR, tremblant.

Maj... Majesté, qu'est-ce qu'on me fera si c'est oui?

LE ROI.

Tu mourras, si tu mens.

PIFÉAR.

En ce cas, j'ai porté trois messages...

KADOOR, lui faisant un signe.

C'est faux!

PIFÉAR.

C'est juste! pardon, seigneur, je ne vous voyais pas. Le seigneur a raison, j'en ai porté quatre... le seigneur le sait bien, car c'est lui qui m'envoyait.

LE ROI.

Lui!

KADOOR, à part.

Oh! le misérable!

LE ROI.

Achève.

PIFÉAR.

Enfin, en sortant de prison, ce matin, je porte mon quatrième message... Mais à peine mon homme le tenait-il, à peine l'avait-il lu, que le voilà qui hisse à son mât le pavillon portugais, et au même moment, je vois déboucher de la pointe de l'île, six forts navires portugais... aussi! (Il se met à l'écart avec Zélide.)

ZÉPHORIS.

Six mille Portugais qui aborderont ici dans une heure, Majesté.

LE ROI.

Mais qui trouveront, pour les recevoir, l'armée que tu as fait revenir.

ZÉPHORIS.

Sans doute, nous ne tarderons pas à entendre les gongs sacrés du Grand-Temple.

LE ROI.

Que dis-tu?

ZÉPHORIS.

Hier, j'ai donné cet ordre en prévision du danger qui nous menace. (Il va écouter à la porte du fond.)

NÉMÉA.

Majesté, il a sauvé l'État comme il m'avait sauvée moi-même.

LE ROI.

Lui! Ah! je te récompenserai.

ZÉPHORIS.

Que Votre Majesté me donne une arme et me permette de combattre à ses côtés, elle sera quitte envers moi.

LE ROI.

Une arme! Donnez la vôtre, prince Kadoor; il est temps qu'une main loyale la purifie des souillures de la trahison.

KADOOR, donnant son sabre au Roi.

Majesté, j'ai mérité la mort, vengez-vous.

LE ROI.

Le même sang coule dans nos veines. Partez, vous êtes libre!

KADOOR, très-ému.

Vous me pardonnez! Oh! Majesté, je vous jure que cette mort que vous me refusez, j'irai la chercher en face de vos ennemis. Adieu! (On entend tinter les gongs. Kadoor s'élance par le fond.)

SCÈNE XII.

LES MÊMES, moins KADOOR.

LE ROI.

Voici le signal! Partons.

FINALE.

LE ROI, ZÉPHORIS, NÉMÉA.

ENSEMBLE.

Toi qui présides aux batailles,
Entends nos vœux, entends nos cris,
Et fais, au pied de nos murailles,
Tomber nos lâches ennemis.

LE ROI.

O Dieu, dans ta grâce profonde
Referme le chemin de l'onde
A ces farouches conquérants,
Qui, dans leur course vagabonde,
Ne voudraient envahir le monde
Que pour en être les tyrans.

REPRISE DE L'ENSEMBLE, *auquel se joignent les huit Conseillers du Roi formant sa suite.*

ZÉPHORIS.

Tout homme affronte le danger
Et sans pâlir donne sa vie,
Lorsqu'il faut chasser l'étranger
Du sol sacré de la patrie!

TOUS.

O patrie! en volant au combat
Tes enfants sont exempts d'alarmes;
Ils n'ont qu'un cri : Sauvons l'État.
Aux armes! aux armes! aux armes!

(Ils sortent tous par le fond, Zélide entraîne Némea par la droite Changement à vue. Pendant ce court entr'acte, on entend gronder au loin la bataille.)

Dernier tableau.

Une place de la ville de Goa, des soldats et des citoyens débouchen de tous côtés.

CHOEUR.

Victoire! victoire!
Les Portugais
Sont défaits.
Victoire! victoire!
Nos ennemis
Sont enfuis;
Jour de mémoire
Et jour de gloire!
Pour les vainqueurs
Jour d'allégresse
Et jour d'ivresse
Pour tous les cœurs.
Victoire! victoire!
Les Portugais
Sont défaits.
Victoire! victoire!
Nos ennemis
Sont enfuis.

(Le Roi entre avec sa suite, Zéphoris marche à sa droite. Némea paraît du côté opposé.)

LE RO.

Noble princesse, approchez-vous.
Zéphoris s'est couvert de gloire,
Et je vous ramène un époux
Que ma faveur et la victoire
Ont fait digne de vous.

TRIO.

LE ROI.

Soyez époux, le roi l'ordonne;
Pêcheur hier et soldat en ce jour
Zéphoris sauva ma couronne;
Et je m'acquitte en sauvant son amour.

ZÉPHORIS.

Elle est à moi, le roi l'ordonne.
O Majesté, votre main en ce jour.
Me donne plus qu'une couronne,
Elle me fait digne de son amour.

NÉMEA.

Soyons unis, le roi l'ordonne.
Pêcheur hier et soldat en ce jour,
Zéphoris sauva la couronne;
Le roi s'acquitte en sauvant notre amour.

(Pendant que Zéphoris se jette aux pieds de Némea, on voit apparaît le cortége des Brahmes.)

LES BRAHMES.

Peuple, réjouis-toi! Chante, cité superbe!
Ils sont encor debout tes courageux enfants.
On ne cherchera pas parmi la cendre et l'herbe
Les portiques sacrés de tes saints monuments.

LE ROI.

Approchez, pieux Brahmes.
(Montrant Zéphoris et Némea.)
Venez bénir leurs flammes.
(Les Brahmes s'approchent. — Au peuple :)
Et vous, chantez encor la victoire et la paix.

REPRISE DU CHOEUR.

Victoire! victoire!
Les Portugais
Sont défaits.
Victoire! victoire!
Nos ennemis
Sont enfuis, etc.

FIN

www.ingramcontent.com/pod-product-compliance
Ingram Content Group UK Ltd.
Pitfield, Milton Keynes, MK11 3LW, UK
UKHW020451220726
13923UKWH00005B/2473